LOCUS

LOCUS

LOCUS

LOCUS

mark

這個系列標記的是一些人、一些事件與活動。

mark 147

雲沒有回答——高級官僚的生與死

著　是枝裕和
譯　郭子菱

編輯　連翠茉
校對　呂佳真
美術設計　林育鋒

出版者：大塊文化出版股份有限公司
台北市 105 南京東路四段 25 號 11 樓
www.locuspublishing.com
讀者服務專線：0800-006689　TEL：(02) 87123898
FAX：(02) 87123897
郵撥帳號：18955675
戶名：大塊文化出版股份有限公司
e-mail:locus@locuspublishing.com
法律顧問：董安丹律師、顧慕堯律師

總經銷：大和書報圖書股份有限公司
地址：新北市新莊區五工五路 2 號
TEL：(02) 89902588（代表號）　FAX：(02) 22901658

初版一刷：2019 年 4 月
定價：新台幣 380 元

ISBN　978-986-213-968-4
Printed in Taiwan

雲沒有回答

高級官僚的生與死

雲は答えなかった——

高級官僚その生と死

是枝裕和

郭子菱 譯

目錄

修訂版前言

常聽人說，無論電影或小說，處女作都融入了該作者的一切。假使這個論點成立的話，那對我而言，處女作顯然就不該是電影，而是這本《雲沒有回答》。

這本紀實報導，是以一九九一年三月十二日富士電視台深夜播放的NONFIX《但是……在捨棄福祉的時代》紀錄片為基礎，幾經取材寫成的作品。

第一次自己企劃、導演，將取材編纂成六十分鐘長的節目，過程經歷了許多困難。最主要的，是我從未有過採訪這類「社會議題」的經驗，大學時也沒學過記者的專業訓練，純粹一介新手，當時恐怕也完全不了解何謂取材吧。

這次重新回顧二十多年前寫的文章，讓我憶起了某些事。當時，我針對本書的主角，名為山內豐德的菁英官僚自殺一案，想要採訪水俁病[1]訴訟狀況，因而前往環境廳[2]（當時）的廣報課，將載明採訪宗旨的企劃書交給對方。對應的窗口負責人意外的親切。不料，幾天後我致電確認結果時，對方的態度卻有了極大的轉變。

「我們拒絕採訪。」

他直截了當地說。為什麼呢？我反問，對方如下回應。

「你不是電視台的人對吧？我們沒有義務接受像你這種承包商的採訪。」

說完，他就掛掉電話。之後電視台的工作人員也打電話來，叮嚀我：「製作公司的人要是擅作主張，我們會很困擾。」

透過話筒，我充分感受到環境廳官員所謂「承包商」意涵的侮蔑，如今回想起來，甚至湧起一股怒火攻心的激憤，然而當時的我，卻持著與憤怒完全不同的情緒，放下話筒。

1 水俣病（日語：水俣病），為公害病的一種，成因為汞中毒。一九五六年左右於熊本縣水俣市附近發生，經確認後依地得名。患者手足麻痺，甚至步行困難、運動障礙、失智、聽力及言語障礙；重者例如痙攣、神經錯亂，最後死亡，至今仍無有效治療法。（參考自維基百科）

2 類似台灣環境保護署。

「是啊……我不是記者。」

假使我並非因為能力，而是因為立場和所屬團體不同，一開始就被為國民「知的權利」而採訪的記者所隸屬的媒體排除在外，到頭來，我又能憑藉什麼，將攝影機對著採訪對象，遞出麥克風呢？懷抱著這種如同青春期煩惱般，對自身存在意義的自問自答，我繼續進行取材。多麼可悲的出航。然而，意外的，問題的答案竟然就在取材的對象身上。

既然取材的山內豐德已經不在人世，再怎麼說都應該採訪他的太太。當然，我把攝影機和麥克風遞給她，並不是為了讓對方說出失去丈夫的悲傷。而是希望能藉著最貼近他的太太視角，闡述山內對福祉政策的投入及挫折。

我造訪了山內夫人位於町田的自宅，在被領往玄關旁的榻榻米房間裡，含糊不清、毫無自信地說明了採訪宗旨。

（看來就算被拒絕也無可奈何吧……）

還記得話說到一半，我就已經陷入這種半放棄的悲慘狀態。但儘管如此，夫人說出來的話，卻與我想像的截然不同。

「對我來說，丈夫的死完全是私人的事，不過從他的立場來看，他的死也有著公共意義吧。這麼一想，我也認為由我來闡述丈夫對福祉的態度，會是丈夫所期望的。」

她一直把視線落在自己手上，意志堅定地接受了我的採訪。那就是一切的開端。當時她口中的「公共」一詞，給予了我取材的憑藉，即便過了二十多年，我依然持續思考著有關電視台外包製作節目一事，而那次採訪成了為它找出意義的契機和緣起。

人類既然無法獨自生存，那麼，人生中就有一部分會不斷處在「公共」領域，公開個體的存在。「傳播」這種方式或「採訪」的行為，說穿了就是為了促成個體在公共領域和時間裡與他人相遇、時而衝突、進而成長的存在。

在此，我們沒有必要用「權利」和「義務」等某些帶有痛苦、一廂情願的詞彙。單就「媒體」來說，不僅相關工作的製作者、傳播者與演出者，還有贊助者藉由出資，觀眾藉由觀賞，促使這個與他人相遇的「公共圈」成熟發展，包容多元的價值觀與生活方式，都是在實踐參與社會的行為。至於這些是否為本意就暫且不談了，但就結果而言，毋庸置疑，廣受歡迎。

二十八歲的我，當然不是因為考量到這些才製播節目。然而心裡確實有某種意識在其中。無論節目，還是後來重新取材並出版的這本紀實報導，我都想盡可能的意識到所謂的「社會性」，避免以聳動的方式來處理菁英官僚自殺一事。

話雖如此，我還是要說，現今與山內自殺的五十三歲僅僅一步之遙的我，重新審閱這本著作，驚訝地發現，書中描寫得最鮮明的部分，並非因「公共」而展開的福祉話題，而是有關夫妻相處模式這類完全屬於私領域的內容。這對夫妻如何相遇、相攜、苦惱、別離，透過放映後重新取材，我才知道當時目睹的，是一位被遺留下來的妻子正在進行的療傷過程（grief work）。藉由她的語言重現夫婦倆的身影，恐怕就是過程的一環。這才是本書的核心吧（我幾乎可以斷言，本書不是我寫的。我只是傾聽她的心內話，並動筆寫下來而已。這無關謙虛，而是事實）。就紀實報導如何評斷這意外的事態？或許各方見解分歧，但無論如何，該部分的描寫，無疑是讓這本著作脫離社會紀實框架的因素。

我不喜歡用議題或訊息這類詞彙來闡述或是被闡述作品。會被這類詞彙歸納的作品，鐵定是因為處理人的部分太弱了。我一向邊拍電影邊思考。沒有人的存在是為了故事或議題。我們只是像那樣的活著——生命翻滾於那些樣態的活著。我會想在電影中描繪這樣的人類，或許遠因就在相遇本書中的這對夫婦，下意識受到了影響吧。我是這麼想的。果然，處女作融入了一切。

這本《雲沒有回答》是我的處女作，一九九二年時書名為《但是……某福祉高級官僚　死亡的軌跡》，到二〇〇一年改以《官僚為何選擇絕路？在理想與現實之間》出版。

這是我二十幾歲時寫的紀實報導，二十二年後三度出版，對作者來說，實在是少有的幸福。

在此，我想對給予我機會的編輯堀香織小姐，以及決定出版的ＰＨＰ研究所根本騎兄先生致上謝意。非常感謝。期望在他們的熱情幫助下，能夠讓這部作品被更多讀者看見。

二〇一四年一月十五日

電影導演　是枝裕和

序章　遺書

一九九〇年十二月五日上午八點三十分。

環境廳（今環境省）長官北川石松搭乘的日本航空三九三號班機，從羽田出發前往鹿兒島機場。北川及其他環境廳相關人員的目的地，是熊本縣水俣市。在暌違十一年後，北川是第五位前往水俣病現場視察的環境廳長官。

同年九月二十八日，追究國家與企業針對水俣病責任的審判中，東京地方裁判所提出和解勸告。被告熊本縣與加害者企業CHISSO化工表態願意接受和解勸告，相對於此，國家頑固地拒絕和解。受害者與媒體的責難，都集中在審判時的國家方負責單位——環境廳。北川的這場水俣視察，就是為反映審判經過與輿論下，所做的匆忙決定。

以北川為首的十九名視察團，在鹿兒島縣知事[3]、熊本縣環境公害部長等人接機後，開車前往熊本。一行人的行程相當緊迫，中午到水俣灣填海地區參觀，下午一點三十五分造訪水俣病受害者生活的明水園。下午三點，北川須接受受害者代表的陳情，並召開記者會，下午七點，則是與細川護熙縣知事對談。

十二月五日上午十點。

就在視察團搭乘的飛機正準備降落鹿兒島機場之際，一名環境廳官僚在東京都町田市藥師台自殺了。山內豐德，五十三歲，水俁病審判的官方負責人，也是持續表態拒絕和解的企劃調整局局長。

山內在二樓的房間裡，用電線將自己吊在天花板的梁柱上。

直至前一天為止，山內原本還預定與長官前往水俁視察，沒想到十二月四日中午過後，他親自聯絡企劃局，說自己「太累了，想要暫時休息一陣子」。據說經森仁美官房長[4]與安原正事務次官[5]商量後，取消了山內的同行，讓他在自家療養。

最先發現的人是知子夫人，四十八歲。發現時間為下午兩點，已經超過推定的

3 類似台灣縣長。
4 類似台灣行政院秘書長。內閣官房作為官僚組織，領導中央政府各部會。內閣官房設置副長官三人，其中一人為事務官的內閣官房副長官。
5 為日本各府省職業公務員一般職職員的最高職位，幕僚們的首長。

死亡時間四個小時。

聽聞局長自殺的北川，在熊本縣的記者會上這麼說：

「我真無法相信。我為他祈禱冥福。我想，他是因為太過擔憂水俁病等各種環境問題的關係。」

事務次官安原則在環境廳召開的緊急記者會上表示：

「原本以為他太累了。我知道他正在處理許多困難的問題，但（對於動機）我沒有頭緒。」

企劃調整局長在環境廳中，是僅次於事務次官的廳內重要職位。山內自一九九〇年七月十日上任以來，就為了解決長良川河口堰、石垣島新機場建設等環境廳負責的問題，和各省廳協調、溝通，與政壇、內閣斡旋，並代表環境廳應對媒體。

東京地方裁判所針對水俁病於九月二十八日提出和解勸告之後，山內身為第一局長與表明拒絕和解立場的官方負責人，成了受害者和媒體批評的眾矢之的。到了十月，為了處理熊本、福岡等裁判所相繼提出的和解勸告，加上突發的北川長官水俣視察相關準備，他沒能回家，就以住進東京都內的商務旅館，或夜宿局長室的沙發上，度過每一天。

翌日，十二月六日，原被看好下一任事務次官候補的菁英官僚自殺一案，登上報紙社會版版面，並就原因做了以下標題。

在「水俣行政」的夾擊之下
為救濟政策勞心勞力
承擔拒絕和解的批評壓力
《朝日新聞》

因廳內協調而左右為難？
為處理和解勸告勞心？
《讀賣新聞》

經常淪為眾矢之的　　　　　　《日本經濟新聞》

獨自面對輿論
承受拒絕和解的批判
勞心勞力之下選擇「死亡」　　　　　　《產經新聞》

相關人士表示，是否因為職務疲乏才選擇自殺？　　　　　　《每日新聞》

環境廳相關人士和媒體的見解，大都傾向山內是因為身心過勞而引發自殺。那他有沒有留下遺書呢？

《每日新聞》報導「他在名片的背後，潦草的寫下『感謝家人』字句」。就這部分，其他報載也相去不遠。

放置在桌上的名片背後，寫著「謝謝大家照顧」。　　《朝日新聞》
名片背後留下寫給家人的潦草字跡，「謝謝大家照顧」。　　《日本經濟新聞》

十二月八日。
中野區的寶仙寺裡，來了一千兩百多名人士參與告別式。
喪禮上，山內的高中同學引用了山內寫的一首詩，接著朗讀悼念文。

遙遠的窗戶

我心中那遙遠的窗戶
總有一天
我要從那窗戶

瞭望外面的風景
總有一天
多寂寞的語言
啊啊，遙遠的窗戶

山內，你是否仍愛著高中時代寫的詩，並曾朗誦給知子小姐聽呢？遙遠的窗戶，是年輕時沉睡在你心裡的憧憬吧。最後的那一刻，你抵達這遙遠的窗戶了嗎？是否從窗戶瞭望外面的風景呢？我想並沒有。總感覺，在發現窗外應有的平靜、信賴之前，你就已經離去了。山內，身為高級官僚，你走上了人人稱羨的康莊大道。然而，你既是官僚，也是一名單純的人類。這個事實，讓你的人生一路充滿險峻。

事實上，山內除了留給家族的遺書外，還寫了另一封遺書，不過被環境廳隱藏了起來，事件發生後完全沒有相關報導。

安原次官　我實在不知道要如何道歉
森官房長　我也給大家添了許多麻煩

在海外出差用名片背後，用黑色原子筆寫下的這些潦草字句，與寫給家人的遺書並排，放在二樓山內房間的桌上。

山內於一九五九年進入厚生省（今厚生勞動省[6]），從此自始至終奔走在社會福祉的現場。一九六六年，他隸屬於厚生省公害課，當時公害管理為社會一大問題，他更致力於制定人稱公害管理聖經的「公害政策基本法」。後來，他赴埼玉縣擔任福祉課長，再度回到厚生省，陸續歷任障礙福祉課長、社會局保護課長等職位。在厚生省時代，他曾出版與福祉相關、親身考察的書籍，是家喻戶曉的福祉行政專家。

6 類似台灣衛福部，主掌健康、醫療、兒童、育兒、福祉、看護、雇用、勞動、年金等政策。

一九八六年，他任職環境廳，處理了沖繩縣石垣島白保的新機場建設問題、長良川河口堰建設問題、地球暖化問題等，面對選擇開發或保護地方居民生活的難題。福祉與環境管理的宿命，就是得時常承受通產省等各省廳為企業、經濟說項帶來的強烈壓力。如同這次的水俁訴訟問題，接連幾天留宿機關裡，來回於省廳之間斡旋，對山內來說已經是家常便飯。畢竟是歷經這類困難任務長達三十年之久的專業官僚。

山內的死，是否並非自發性自殺呢？

另一封遺書上寫的「道歉」與「麻煩」，又代表著什麼意義？為何在五十三年人生的最後時刻，山內非得對長官表示歉意不可？將一個嚮往單純的人生化為險境的「官僚」，究竟是個怎樣的職業？這些問題的答案，或許就潛藏在山內豐德那無法貫徹「官僚」這個職業的五十三年人生裡頭。因而探詢這個答案，就和拋出當今時代究竟能否存在福祉這疑問沒什麼兩樣。

第一章　記憶

山內豐德與妻子知子於一九六八年結婚，育有兩個女兒：從短大畢業後，同年開始工作的長女知香子，以及就讀高三、隔年春天就要參加大學考試的次女美香子。

山內家位於東京都町田市多摩丘陵的新興住宅區——藥師台。從小田急線町田站搭公車十五分鐘，在藥師池站下車，再走個四、五分鐘，就會看到那幢兩層樓的獨棟木造建築。

這一家四口從世田谷的公務員住宅搬到町田，是在三年前的一九八七年三月。新居到環境廳所在的霞關，光是往返通勤就要三個小時以上。專心致志於工作的山內會選擇這個通勤不便之地作為最終居所，似乎有他的理由。

一九八九年六月十二日，當時任職環境廳自然保護局長的山內在業界報紙《The Chemical》上，刊載了一篇隨筆，題為《親近那片忘卻的土地》。其中，關於在町田的自宅，他是這麼描述的。

自從在東京生活以後，「土地」與作物的世界就急速遠離了我的生活。學生時代自然不必說了，出了社會，我對土地也就完全沒有了關心，居住條件亦然，我並沒有打造一個能在田地或庭院中親近土地的環境，就這樣生活著。

這樣的都市生活，三十多年與「土」毫無接觸的空白，實則隨著有了現在的居所，一點一滴填滿了。

搬到町田即將邁入第三年，但對於早上與返家時通勤各兩個小時的擁擠程度，我依然無法斷言我已經完全習慣。然而，在車站等一會兒公車才能回到家的疲憊，也會在我於家裡附近的公車站牌下車，並走了幾分鐘夜路的過程中逐漸消失，就彷彿良藥一般。

這條夜路上，四季充滿不同的草木及土壤香味。那甚至讓我感受到遙遠過去的祖父鼻息，回想起少年時期安閒的記憶，療癒通勤回家的身心。

事實上，山內自稱「安適記憶」的少年時期，並不如他所說的那般日子安穩。

一九三七年一月九日，山內豐德生於福岡縣福岡市野間，為父親豐麿、母親壽子的長男。山內家為佐賀的士族出身，後代男性代代都必須在名字中有一個豐字。父親為職業軍人，豐德於同年十一月，和母親搬到當時父親任職的東京都中野區仲町，在那裡度過少年時期。後來一家人回到福岡，一九四三年四月，豐德進入市內的高宮國民小學就讀。

由於父親大都不在家，豐德其實沒有多少關於他的記憶。喜歡寫文章的豐德在日記或隨筆中，也很少會提到父親。不過，在山內自己整理的文件箱中，卻妥善保存著好幾張有關父親記憶的紙片。

其中一張為昭和十八年（一九四三年）八月七日的《中國新聞》，載著山內豐麿憲兵少佐赴任廣島的通知。在「奢侈可是大敵啊」的標題底下，刊登了戴著圓框眼鏡、嘴邊蓄有鬍子的豐麿照片，以及其赴任的決心。

「我第一次前往中國地區，什麼都還不了解，不過那是被稱為軍都的特殊要地，我期望能在市民的多方援助及合作下落實軍民一體，以求防諜與其他萬全準備得以成功。」

根據福岡高宮國小現今留下來的紀錄，豐德是於一九四三年四月一日進入福岡市高宮國民小學，隔年的三月三十一日轉校。之後，他遷往父親的任職地廣島，一年後的一九四五年四月一日才再度回到福岡。關於豐德的廣島時代則有很多不詳，不得而知。依據他本人的筆記所載，他轉入了廣島市中區的基町小學。然而，當時並沒有一所名為基町的小學。一九四四年左右，基町周圍的小學有本川、袋町、白島、幟町，但都在豐德轉校四個月後遭原子彈攻擊，四校都完全沒有了當時的紀錄。

父親豐麿於一九四四年六月三日從廣島出征中國，豐德遷往祖父母居住的福岡市堀川町，度過他在隨筆提及的安適少年時期。

出征的父親時常會從南京寄明信片給在福岡的豐德。山內的文件箱中，就留有八封這樣的明信片。

我看過十一月九日豐德寫的信了。四處奔波，實在久未問候。爸爸的病已經痊癒，正很有精神地為國效勞，還請放心。豐德看來也很有精神地去上學，爸爸會努力不輸給你的。多虧了祖父，腳的膿瘡也已經好轉，真是再好不過了。爸爸也先向住在山谷邊的叔叔答謝了。豐德也要啊。是追幸七曹長大人。我很擔心祖母胸痛的情況呢。豐德也要盡可能幫忙喔。要好好聽祖父母的話，遵守學校老師的教誨學習。父親也會拚命努力的。雖然時常會有敵人的飛機前來，但沒什麼大不了的。最近B29被擊落，也抓了美國人。天氣漸漸變冷了，要多注意身體。再會。

（昭和十九年〔一九四四年〕十二月七日）

可恨的敵人似乎占領了沖繩，也對九州投下了如雨般的炸彈，大家狀況都還好嗎？戰爭就是一場忍耐的遊戲。請拚命念書、拚命運動，成為偉大的士兵吧。日本一定會勝利。和喜子他們怎麼樣了呢？豐武叔父大人有沒有寄信過去？戰爭非贏不可。戰敗之國的人民實在太悲慘了。無論多麼艱苦，非贏不可。要養足身體，鍛鍊心志，成為偉大的國民。一定要為沖繩的各位報仇。幫我向祖父大人們問好。

（昭和二十年〔一九四五年〕八月九日）

豐麿在這些明信片中幾度提到了祖父母，卻隻字未提自己的妻子，也就是豐德的母親壽子。

壽子在豐麿出征期間離開了山內家，確切日期未明。理由似乎是「自己不適合山內家」，詳情並不清楚。豐德在成年後，也絕口不提母親的事，從未主動提及。

與父親有關的最後一張紙片，就是宣告他戰死的死亡通知書。

陸軍憲兵中佐　山內豐麿

右昭和二十一年〔一九四六年〕四月二十一日上午零點五分，病逝於中國上海第一五七兵站醫院（因胰臟壞死及瘧疾，戰病死），特此通知。

文件箱裡還留有一張豐德的照片。他身穿國民服[7]，以掛著父親遺照的祭壇為背景。當時九歲。豐德有著頭向右傾的習慣，照片當中，他的頭也略微向右傾。同樣的傾斜角度在四十四年後，和裝飾於喪禮祭壇上五十三歲豐德遺照微妙的重疊，讓人倍感哀傷。

豐德在福岡市堀川町生活過的家，面向大馬路昭和通，屋後是三百坪左右的田地。祖父母在田裡種南瓜、茄子等蔬菜，也有長著大麗菊、孤挺花的花田。夜晚，為了不讓蔬菜被偷，豐德會和祖父兩人屏氣凝神的在田裡巡邏。

祖父豐太對豐德非常嚴格。豐德放學回到家，就教授他漢學。即便朋友邀他打棒球，也常常在玄關被祖父趕回去；縱使夥伴玩得一身泥，豐德也不會參與其中，只在一旁定定看著。

豐德從那時候起就很喜歡讀書，但如果祖父發現他是在看小說等讀物，馬上就沒收。沒辦法，他只得趁祖父不在時，把同屋的叔母藏在衣櫃抽屜中和服底下的小說抽出來，偷偷閱讀。

在豐太這般威權的強烈影響下，豐德肩負著繼承山內家「豐」字輩男兒的期待，度過了少年時代。

祖父母在各方面，都把豐德的父親拿出來與他做比較。或許是因為早年痛失兒子的那份疼惜吧，祖父母會一邊闡述兒子的優秀與能幹，一邊把沒得實現的期待寄託在孫子身上。有關父親的記憶被美化，只留下滿滿與現實背離的印象，為豐德的心靈和精神添加了無形的壓力。

這就是山內後來自稱少年時期「安適記憶」的另一面。

從廣島回到福岡的豐德，在日本戰敗後就讀於家附近的春吉小學。

山內家中留有他當時班上的一張照片。班導師站在中間，六年一班五十五名學生以人偶架的方式排列，在校舍出入口前拍攝。男生幾乎都是和尚頭，穿著黑或褐色的國民服，女生則留著河童髮型，穿著各種毛衣、夾克或水手服。

7 二戰時期日本男性所穿的標準服裝。

學生們一律把雙手放在膝蓋上，格外顯得整齊，唯有豐德學班導師兩臂環胸，特別醒目，胸口前那枚班長徽章上的兩顆星星閃閃發亮，還有，他的頭依然微微向右傾，不過那傾斜讓人感到某種從容。和其他孩子相比，豐德的表情遠遠來得成熟許多。

當時，這個班級裡加入了幾個從中國撤退回來的孩子，原本還有幾名高一學年的學生，即便如此，豐德還是班上最為成熟的。用負面的講法來說，就是他一點也不像小孩。他的體格又小又瘦，頭腦卻好得出類拔萃，廣受同儕的尊敬，連班導師似乎都會多看一眼。而且據同學描述，他絕對不會把拙於讀書的學生當笨蛋，就在那時候，他已經顯露出高尚的人格風範了。

就在那間小學，豐德經歷了幾次重大的邂逅。

小學六年級，負責帶豐德班級的，是一名叫牧野憲親的年輕教師。牧野很喜歡文學，自己還有個「川舟」的俳號。他也會在課堂上定期舉行俳句大會，積極指導孩子寫作俳句。

五月雨中　引揚船的　笛聲逝去

這是豐德的作品，在某次俳句大會上獲選為第二名。豐德也因為這項作品受牧野給予「秀山」的俳號，之後好一陣子非常熱中創作俳句。

那場俳句大會，第一名的是豐德的好友森部正義。森部和豐德都同樣喜歡文學，那年秋天，森部的文章還被登上某少年雜誌的文藝專欄。豐德因此大受刺激，也開始作詩。

除了牧野和森部以外，促使豐德傾心文學的關鍵，就是和三好達治的相遇了。

嫻雅的上午

看啊　這猶是枯木的高聳櫸樹

在那樹梢纖細的枝網前端
季節的生命早已柔和地湧現
宛如屏氣凝神　安靜的一群小孩子
那些尚不起眼的小枝芽
相互碰撞著手肘　默默的　正用著他們的語言在囁嚅些什麼
陽光透過葉隙照落在草皮上　春天也於那一條條影子中若隱若現
蘆荻的芽在淺水中茁壯　露出銳利的角
長期沉浸悲傷的人們　春天也是歸還希望的時刻
帶來新的勇氣與想像
春天　是再度快樂地高高揚帆的季節
雲雀與燕子不久也將從遙遠國度歸來
在我們頭頂上翱翔高唱
菫　蒲公英　蕨類、蜂斗菜、筍　蝶、蜂　蛇、蜥蜴、青蛙

很快也將重整旗鼓　舉著艷陽的火炬一齊前來
啊啊　繁榮的春天徵兆四方出現
如同看不見的晚霞般密布　那悠閒的上午
連在不知的角落　遙遠天空深處叫響的鴨子聲
也成了獨一無二的靉靆　如夢　如真理
圍繞著以白雲為肩的小山　清晰可聞
於這般季節感的悠閒時刻　這般嫻雅的上午 思考
——人生啊　就此永恆！

這首詩，是收錄於三好達治的詩集《一點鐘》裡的作品。國文教科書中，豐德特別鍾意這首以「寧靜上午」為題旨的詩，更以此為契機，被吸引進入達治的世界。

三好達治一九〇〇年出生於大阪，六歲時，曾一度前往京都當養子，後來被兵庫的祖父母領回，少年時期過著和父母親分離的生活。八歲罹患精神疾病，深受死亡的恐懼與孤獨所苦，長期休學。之後，他又回到大阪的雙親身邊，沒想到父親卻因為家業的印刷廠破產，離家沒再回來。達治進入東大法文系就讀，透過俳句邁入文學的世界。

豐德受到這位與自己同樣少年孤獨的詩人影響，也開始創作詩詞，一再投稿少年雜誌與新聞的文藝專欄。小學畢業前夕的一九四九年三月，豐德的詩《音》，登上少年雜誌《少國民倶樂部》的「愛讀者文藝專欄」。

音

孩子們追逐著紙芝居的木屐聲
　　遠遠響徹了秋日高空
不久　再也聽不見
不知從何處　傳來了

工人敲打鐵槌的聲音
震動了猶迷戀著夏日的青桐樹樹梢
乾枯的柳葉紛紛掉落

進入福岡當地的升學男子學校西南學院中學後，豐德仍持續致力於創作詩詞。國中時代的豐德，綽號「牧師」。西南學院為新教學校，會有聖經課程，往返於學校途中，豐德總熱中閱讀聖經，朋友於是這樣稱呼他。

驟雨落下之前

聽遙遠的雷聲
耳邊傳來群樹的戰慄
眼前的暗雲

無限的力量　壓迫著視野
如同為著什麼示威遊行般
灰色的緊張感……

儘管如此　不爭的事實是
顫抖的樹木　仍掩不住等待的歡喜

不久　樹木大大抖動了身子
隨後彷彿死了心般靜靜不動

唯有冠頂的樹葉
偶爾隨著逐漸接近的雷聲輕搖。

這是一九五一年，豐德中學三年級時的作品。這一階段的詩，大都以描寫自己待在房間裡，瞭望窗外景色、傾聽遠方聲音的情境居多。

一九五二年，豐德進入福岡當地的名校，縣立修猷館高中文藝部，正式開始創作。

三十八年後，在山內告別式上朗誦悼念文的，就是當時同為修猷館高中文藝部的伊藤正孝（《朝日新聞》編輯委員）。伊藤在悼念文中引用《遙遠的窗戶》一詩，是一九五二年五月二十六日，豐德以筆名山內遙雲刊載於《西日本新聞》讀者文藝專欄上的作品。

我們從筆名就能充分窺看到，此時山內的創作核心即是雲。在他的創作筆記當中，除了詩以外，也可以找到許多以雲為題材的習作片段。而若將這些片段連結起來，就會發現山內的心中，雲與父親、父親之死的印象有所關聯。

這陣子我時常想著父親的死。在收到公報的當下，儘管毫無理由，我卻無法相信父親的死，這樣的感覺又再度回來了。

（一九五三・七・二十六）

再沒有比夏天更感到悲傷的季節了。夏日之雲非常悲傷。

「即便戰爭結束，沒了空襲，中國的夏天依然炎熱。

從爸爸所在的帳篷中也能看見雲。

是夏日之雲，純白之雲。

由於太過炎熱，爸爸的病也一直好不了。

食物也不多，我的身體消瘦，無法動手術。」

信上總是長篇大論的父親，在明信片上寫了這五行字給我，終戰隔年的夏天才到我的手上。（未完）

「即便戰爭結束　中國的夏天　依然炎熱　中國的天空　也能看見雲　是夏日之雲　純白之雲」

戰爭終結之夏，父親死於蕪湖帳篷中的前一天，那張明信片終究沒有寄出，而是隔年藉由歸來的軍醫送到我手中。然而，不管這位最先通知我家人父親死訊的軍醫也好，或者不久後收到的公報也好，我就是無法相信父親已死。除了明信片以外，軍醫也送來父親的馬刺和鞭子等遺物，我都彷彿看著破銅爛鐵一般，凝視母親將它們一一收進〇〇〇。

「父親不曉得我已經可以不用片假名就看得懂字了吧。」

我拿著明信片，對軍醫說。

「但是他已經痛苦到只寫得出片假名。」

對方一邊顧慮我母親和祖父的心情一邊說明，但不相信父親已死的我就是聽不進去。

隨著夏日幾度到來，我開始為夏日之雲傷感。也注意到，這份油然而生的悲傷，與父親最後的話語連結在一起了。

（中略）

不僅僅父親，無論對誰而言，不管終戰是否戰敗，鐵定更有一股安心與希望的感覺。然而，從此被遺落的父親的寂寞，又算什麼呢？

遙遠大海另一邊的天空，飄著讓我想起父親死亡的夏日雲朵。從朝彥佇立的地方望去，看得到優美且和平的大海，但對朝彥來說，那只是一片無法言喻的寂寞和焦慮。

「看得見雲，是夏日之雲，純白之雲。」

（昭和二十八年〔一九五三年〕八月五日）

我們無法透過這些創作筆記，了解山內本身如何經歷了父親的死，以及了解父親之死的經過。

父親寫有「是夏日之雲，純白之雲……」的明信片，現今無存。根據死亡通知書，豐麿是在昭和二十一年（一九四六年）四月二十一日過世，因此創作說明的「在夏天死去的父親」與父親實際的死亡時間並不一致。被通知父親死亡時，母親壽子也應該早已離開山內家了，與筆記中母親站在「我」的身邊，有所出入。

然而，山內承受父親死亡的情感，與文章中的「我」、「朝彥」所承受的分量應該相去不遠吧。

山內用遙雲這個筆名，不斷在詩中描寫雲的這份思念，與失去父親這無法挽回的記憶深深聯繫在一起。對山內而言，創作詩詞或許正是對父親身影的追求，卻因為缺乏一同生活的實感，終究徒勞的作業。

不過，他並未視這份感情為悲傷、寂寞，而是以「焦躁」來形容，也許這一點正好顯示了山內的某些偏執。這份焦躁感從何而來？又將帶他往何處去？這時候的山內，恐怕連自己都還無法確實掌握吧。

豐德高中時代的成績也相當優異。三年級時除了體育以外，二十四科中有二十二科都是五階段評分的五分，留下三年來幾乎全五分的成績，受頒學業優秀的修猷館獎。

一九五五年，高中畢業的山內於同年春天進入了東京大學教養學部[8]文學科第一類組。他個人原本似乎希望進九州大學的醫學院，將來當個醫生，不過修猷館是一所升學班幾乎都會報考東大的高中，因此山內也順應周遭的期待與氣氛，做了這個決定。而理應對他入學東大最為開心的祖父豐太，卻在尚未得知孫子合格的二月二十四日去世。從各種意義上來說，豐德就這樣離開了祖父的身邊，離開了福岡這片土地。

豐德在世田谷區的代田找到住處，展開東京的新生活。在這位初來乍到的十八歲青年眼中，東京會是一個怎樣的街景呢？豐德以《給K君的信》為標題，將當時的心情寫在了稿紙上。他寫信鼓勵比自己晚一年進東京大學，並在一個月之後幻滅的K君，也透露了自己對來到東京、進入大學的不安、期待與灰心。

K君，距離你今年春天可喜可賀的合格，已經一個月了。聽你說「對大學生活感到幻滅」後，突然也讓我回想起自己一年來的大學生活。

為了考試第一次前來東京，從品川的月台瞭望，夕陽下遠方的櫸樹叢，那令人懷念的記憶，至今依然在我心中栩栩浮現。櫸樹的樹梢，看起來好似灰色的細工針活。

考試的最後一天下了雪。那天的雪，讓我微微感到恐懼。正如所謂命運會對你微笑，也會冷酷。這樣一想，面對T君一起去銀座參觀的邀約，我怎麼也提不起勁了。就在T君的恥笑下，搭了那天的夜間巴士回家。

事實上，如今回想起來，對東京、同學感到恐懼根本滑稽至極。在電車、柏油

8東京大學教養學部，是東京大學的跨學科研究以及新生前期課程學習的機構。凡入學東京大學的新生，都要在教養學部學習兩年基礎性課程。

路或是學校草皮上，我拚命地撐起自己。不想被壓倒、被嘲笑而敗陣。這種意識鐵定緊附在大學制服帽上，以及應屆錄取生的意識背後，每每讓我困惑。

東京如何虛幻，同學又如何墮落，而當認知了這些，瞬間我也認知到自己那穿梭在鄉里街道的大學制服帽有多虛無，身為現役學生的我又多麼墮落。

真正應該恐懼的，是這份墮落與虛無吧。

教室裡，入學時被爭先恐後占滿的座位上，不久就會不見學生的蹤影。

也許因為打工，因為用麥克風講的課很無趣，因為對三年來一直重複念著同一本筆記的教授反感。雖然我並沒有逃離，但某種程度來說，我也是他們其中一員。

然而，這究竟是否正當呢？

三年不變的課程內容。然而，我們有辦法靠自己闡述任何一行字嗎？怠惰的並非課堂上持續講一小時課的教授，而是排成一排買考前講義影本的我們。

K君，你（我認為你和我一樣）在錄取時的喜悅，究竟是怎樣的喜悅？對某種未知的憧憬和希望，可以說才是那份喜悅的本身吧。而這份憧憬及希望又是何等脆弱，會隨著大學生活的無趣而凋零，隨著課程的幻滅而逝去。

山內把自己所說的這份希望，傾注於創作中。他東大時代的友人，至今還記得山內在住宿房間裡放了個橘子箱伏案寫稿的模樣。

山內入學後的翌年一九五六年，《東京大學新聞》為了紀念該年的五月祭，公告募集小說、評論等稿件，並給予小說得獎者一名一萬日圓獎金。那是第一回的五月祭獎。

至五月五日截稿，寄達的小說共有二十五篇。參賽者名字當中，包括日後成為電通大學教授的西尾幹二、筑波大學教授的副田義也、作家久世光彥等。還有，以標題《十年》投稿的山內豐德。

不過，那一年並沒有任何作品入選。

隔年一九五七年，三年級生的山內進入了法學院。他在該年舉辦的第二回五月祭獎，以《習作》再度參選小說項目、《藝術與法》參選文藝評論、《關於議員》

參選政治評論，共三篇，但全部落選。

那一次，入選小說的是當時的文學院學生大江健三郎，作品為《奇妙的工作》。大江也從此於文壇出道，步上小說家生涯。對從小就因成績優異而一路順遂的山內來說，這相繼的落選或許就是他最初的挫折吧。隔年他再度投稿五月祭獎，但甚至一直到畢業，他連一次也沒有入選。

大學三年級冬天，剛過二十一歲的山內在日記中留下了片段文字。

二月二十日

三十二年度冬學期考試結束

最後一天，今天的經濟（木村）寫了相當多，考試的解放感與安心，宛如透過文字卸下了重擔

沒吃午餐，在地鐵吃了吐司　收音機在播英文

買了巧克力搭巴士到廣小路

再走一小段，去東急看《潛艇攻擊》與《下水道》

《下水道》人類在那樣的情況下真能活下去嗎　人類的悲劇竟已走到這一步，

好痛苦

不過，我認為這部電影很不錯

出了電影院　不知怎麼地　感覺這世界無與倫比的簡單　我興奮　颯爽地走著

創造出那般電影的戰爭太可怕

與此同時　我不禁感覺每個人類都應該要去愛

上野　地下鐵　實在太過勞累　在電車中也好痛苦

「快到家嘍　在醫院好好休息吧」

我回想起了《下水道》中 heroine 說的台詞

然而最終她還是一面夢想著太陽與綠色草地　將頭貼向鐵籠子。

或許是因為太興奮，在東橫旁邊搭上了電梯

回程時在六樓　買了這本筆記本

《潛艇攻擊》為一九五四年上映的義大利電影，是一部由尼諾．羅塔（Nino Rota，一九一一年至一九七九年）負責音樂的戰爭動作片。電影描寫義大利潛水艇從被擊沉的英國船救出生存者，送往中立國葡萄牙的過程，取材自真實故事。

《下水道》為波蘭安傑依．瓦伊達（Andrzej Wajda，一九二六年至二〇一六年）監製的作品。故事描寫被德軍追趕的反抗運動年輕人逃到了下水道，幾經迷途的最後，卻在爬回地面的瞬間，全員被殲滅。

二月二十的日記是這麼接下去的。

晚上　吃完飯　在下北澤散步
二手書店已經關門　沒能選擇 gardner
星星閃爍
在《文春》閱讀大江健三郎的芥川獎候補作品　我認為只有構想好　那又如何

呢　還不如副田義也的《鬥牛》來得有意義　我能理解他是在思考《死者的奢華》
就類似《奇妙的工作》這種situation（情境）
但靠這種「技巧」榮獲我們的冠軍　很讓人困擾的
該怎麼說呢　只覺得作者的正直和社會大眾沒什麼兩樣
開高健的《恐慌》也是　很難翻開來閱讀　就這樣沒有看了
皺著長有雀斑鼻子說話的少女　因為感冒而啞了聲音
同樣在《文春》上看了竹山道雄的納粹
很恐怖
真的不會再度發生嗎

註記著九月六日的日記文字非常亂，有些地方甚至無法辨識，對筆尖很少流露情緒的山內來說，罕見地可以讀出他內心的動搖。

就算從這裡開始寫也沒什麼意義　這一天太長了
我究竟是為了什麼去查號碼呢　鐵定是第一學期考試的當天　甚至更久以前
想起來就覺得累　總有一天　會覺得懷念　想要回顧嗎
對方鐵定給予了我什麼　鐵定要靠自己展現〇〇　我不曉得要抵達多高的境界
但不想失去前往高處的勇氣
唯有這點　是對方給予我的　絕對不會錯。
兩人在一起　鐵定能創造出更棒的事物
然而　我不曉得這是否就擁有了幸福　一定能變得幸福吧　說自己不幸也無妨
那就太虛偽了
因為無法幸福而放棄同樣虛偽
只是現在除了虛偽別無他法
退而求其次　只要對方承認朋友的地位就好
變強吧　為了憧憬而變強吧　不希望不幸

究竟是什麼呢　對方給予我的
讓我○的緣由
貝多芬啊
你一定是個不幸的人吧

在他留下的日記中，有關女性的內容也只有這些而已，要從這些隻字片語推測他的女性觀實屬困難。不過，在他婚後對妻子知子的語詞來看，也能理解到自幼失去母親一事對他的強烈影響。

「對我而言，女人就是容忍真實的我，原原本本接受我的存在……」
「我認為女人是不可以去廁所那種地方的啊……」

山內曾對知子說過這樣的話。對父權家庭長大的他來說，母性的存在，正是他打從心底不停追求的事物。這意味著，他成年後的行動和日常，或許也都與他下意識追求少年時期失去的父母這種飢餓感深切關聯吧。

第二章　救濟

一九五九年三月二十八日。

山內從東京大學法學院第二類（公法組）畢業，進入厚生省。高等公務員考試錄取通知書上，記載了他的名次是九十九人的第二名。其實他在法學院的成績也拿到了十四個優。

東大法學院出身，以官僚為目標的菁英，也就是日本所謂career[9]組，在法學院拿到優等的數量與高等考試中的名次，攸關個人往後一生的官僚經歷。

假使優等有兩位數，高等考試成績也屬頂標的話，據說即便進入官僚菁英集結的大藏省（今財務省），也能確保將來會有課長的職位。

像山內這種第二名的更不用說了，大藏、外務、通產（今經濟產業省）等大省肯定會直接洽詢任職意願，個人也理應毫不費力就進入官僚皆嚮往的這三省。

然而，山內自己卻選擇了厚生省。

為什麼呢？

關於他進入厚生省的來龍去脈有好幾種說法。一九八六年一月九日，當時擔任厚生省審議官的山內出席了修猷館高中畢業生的集會「二木會」（每月第二個木曜日〔禮拜四〕召開），以「厚生行政的種種」為題演講。其中，在回顧自己進入厚生省時，他說了以下一段話。

去年九月左右，我收到來自某間大學社會學系的一張問卷，上面寫著「敝研究室正在進行官僚者為何選擇當官的社會學調查。故而，關於山內先生為何進入厚生省的原因，請從以下圈選」。

選項有七個，但沒有一個符合，我相當困擾。至於有哪些選項，其中一個是想要成為官員論天下、談國事，或官員就是老後的保障，鐵飯碗。還有對工作本身有興趣等各種原因，但每一個我都不符合啊……事實上，是我大學時代的法文課上，有一名我默默鍾情的女性。經過一番調查，發現她似乎想進厚生省，我想像如果能

9 意指日本的國家公務員，地方公務員則稱為non-career。

和她一起共度職場生活會有多幸福啊，因此才進來了。她後來考上厚生省，我也考上了，只是我的預測並沒有太精準，她工作五年後就離職了，而且還早就有未婚夫，我就這樣光榮被甩。

在那之後，想說該怎麼辦，於是便將這段失戀的打擊轉為對厚生行政的熱情，一直到了今天。（後略）

山內就這樣一邊談笑風生一邊回顧入省的情形。不曉得這名女性是否就是他日記中紛亂筆下的那位女性，不過關於進入厚生省的這名女性，日後他也委婉地告訴了知子。

其他還有幾個想得到的理由。據說山內在國中時曾罹患骨髓炎，甚至高中都還一直拖著腳走路。他身高一六八公分，體重六十公斤，體型不胖不瘦，不過從學生時代就不擅長運動，身體也不是很硬朗。

固然經濟上無虞，成績也很優秀，簡直就是菁英中的菁英，但是成長過程，山內並非在充滿愛的家庭長大，或許選擇以救助社會弱勢為目的的厚生省是再自然不過的事。

在剛進入厚生省時，據說山內曾和高中時代的朋友伊藤正孝見面，並很開心地說了：

「我找到了天職。」

一九五九年四月一日，從厚生省醫務局次長手上接獲任免令的山內等新人，展開至四月十五日為止的兩週研修。山內研修時的筆記如下。

四月一日　田邊事務次官午餐會

次官

針對不斷擴大的厚生行政要有所自覺

下午

栗山課長　感嘆沒有 Humanism 的厚生官吏存在

熊崎人事課長訓話

身為受到一視同仁期待的幹部候補生，力求注目　注意不要辜負期待

為擴展厚生行政的旗幟而任職

熊崎人事課長的「幹部候補生」一詞，恐怕是針對山內個人。

四月一日，這天對新人來說，不僅是厚生官僚生涯的起點，也是省內的晉升，爭奪事務次官這唯一職位的開始。

山內入省的一九五九年，厚生省正面臨巨大的衝擊。

那就是水俁病。

同年十一月二日，熊本縣水俁的漁民闖入新日本窒素肥料的水俁工廠，造成許多受害者。事件登上全國報紙，首度引發對水俁病的廣大注目。一九五九年這一年，可以說是水俁病逾時三十年來的轉捩點。

日本窒素肥料（一九五〇年為「新日本窒素肥料」，現為「CHISSO化工」）為明治末期受到熊本縣水俣村招攬，取代衰退的農業與製鹽業的電氣化學工廠。CHISSO化工於第一次世界大戰後，從歐洲引進阿摩尼亞的合成技術，在日本首度成功生產合成肥料，成為代表日本的化學企業之一。而其原動力就是水俁工廠。後來，水俁市發展成CHISSO的企業城下町[10]，卻也因此成了延遲究明水俁病成因的關鍵之一，只能說相當諷刺。

這間水俁工廠同時也進行技術研究與開發，一九三二年成功的從乙炔合成出乙醛，一九四一年同樣從乙炔之中合成了聚氯乙烯。過程中，作為催化劑使用的就是水銀（汞）。

從戰後復興走向高度成長，日本正逐漸「發展」，而CHISSO也以同樣的步調發展成企業，代價則是水俁病。作為催化劑的水銀在尚未處理之下就棄至海水中，

10 意指該區範圍內幾乎所有商店和住屋皆由同一間公司所擁有的地區。

再於魚貝類體內累積，侵蝕吃下這些食物的漁民身體。

製作乙醛會產生水銀，而含有這些水銀的廢水從戰前就開始不斷汙染不知火海[11]，漁民與工廠之間一直紛爭不斷。就漁獲量減少的當時，CHISSO曾支付少許補償金以消弭漁民的不滿，不料，一九五六年，漁民之間開始好發手腳麻痺等「怪病」，問題日益嚴重。

同年的五月十六日，熊本《日日新聞》以「水俣與孩童的怪病——不知是否同樣原因，貓也罹病」為題，報導了水俣灣的怪病，也是針對水俣病的第一則實地報導。後來的相關新聞報導，在《公害的政治學　探討水俣病》（宇井純著，三省堂新書）中有詳細描述。

越來越多人加入研究怪病的原因。一九五六年五月二十八日，官方以水俁市的健保所、衛生課及CHISSO附屬醫院為中心成立「水俁怪病政策委員會」，並在八月十四日委託熊本大學醫學院探討與研究怪病成因，正式啟動。

熊大醫學院水俣病研究組在研究三個月後的十一月三日，召開第一次研究報告。

會上，研究組報告稱怪病並非傳染病，而現階段已知原因，為「某種重金屬藉由魚貝類入侵人體，導致中毒」。

沒想到，研究至此之後寸步難行。可致毒的重金屬有錳、鉛、鋅、銅、砷、硒等，為數眾多，要找出關鍵物質必須花費大量時間。況且，還有研究進行的最大障礙——通產省（今經濟產業省[12]）。

研究組提出申請，希望以CHISSO的工廠廢水作為樣本，但工廠方以企業機密為擋箭牌，強調必須出示通產省的許可，拒絕了研究組。在沒有足夠樣本的情況下，熊大不得不再繼續研究將近三年。

厚生省的厚生科學研究組從一九五六年起配合研究怪病的原因，並於一九五八

11日本八代海的別稱，為熊本縣與鹿兒島縣之間的海域。因為夜間會有神秘之火出現的緣故，故被稱作「不知火海」。

12日本行政機關，以提高民間經濟活力、對外經濟關係順利發展為中心，發展日本的經濟與產業，並確保礦物資源及能源之穩定且高效率的供應。

年七月九日發表疫學[13]調查的結果。結果報告中，研究組推測怪病肇因於新日本窒素的廢棄物。

一九五九年七月，持續研究中的熊本大學研究組參考了曾診斷過水俣病患者的英國神經科醫師——麥克阿爾派恩（A. D. McAlpine，一八九〇年至一九八一年）的論文，終於得出有機汞[14]這個結果。

「經熊大研究組確認　水俣病的肇因為有機汞」——《朝日新聞》的快報標題寫著。那是七月十四日的事情。

（熊本大學醫學院）武內教授等人發現有機汞的中毒症狀在病理學上與水俣病的臨床症狀相似，故以貓進行水俣病實驗，花費一年探討之間的關係。結果證實原因物質就在於水銀化合物。由於是由科學分析、臨床實驗和病理學觀察三個面向得到的結論，可以說基本上正確無誤，三位教授也將會利用今年暑假進一步前往水俣

灣進行現場調查，採取魚貝類和海底泥土實驗，加以印證。（後略）

報導也就發生源頭提到了新日窒水俁工廠這個專有名詞，推測工廠廢水的化學物質裡含有水銀。

CHISSO動員了企業方的御用學者，打算徹底打破「有機汞說」。

首先登場的是「炸藥說」。這是由日本化學工業協會理事大島竹治提出的，怪病是因為終戰時投入海中的舊日本航空炸彈，彈體生鏽溶出的苦味酸（Picric acid）與四乙基鉛（tetraethyl lead）所致。在CHISSO的要求下，厚生省前往當地調查，也證實上述之言毫無根據。至於是何種依據的發言則不得而知，不過在避免輿論聚焦在有機汞說的這點上，確實充分發揮了效果。

13 即流行病學或病因學。

14 水銀（又稱汞）汙染通常可以分成有機汞、無機汞兩大類。一般工業生產出現的含汞廢水、廢氣、廢渣等為無機汞；有機汞的形成則是無機汞進入水中，透過微生物作用，轉化成有機汞。

一九五九年十一月二日，也就是山內進入厚生省的那年秋天，因應水俁漁民的陳情，眾議院調查團一行二十六人首次前往水俁市現地視察。二日正午，抵達水俁市的視察團分別搭乘八輛巴士，前往水俁市立醫院慰問患者。主要由漁民組成的抗議團體大約四千人則面對視察團，直接提出陳情。

上述的工廠闖入事件就在稍後不久發生，也就是下午一點五十分。參與動員大會而集結起來的不知火海區漁民，在陳情結束後湧入工廠。由於前一天有八名漁民因對CHISSO相關人士動粗而被提告，加上集體談判的申請被廠方拒絕，漁民終於爆發憤怒，約有一千人闖入工廠，用槌子破壞事務所、發電室、警衛室的電子計算機、打字機等，看到什麼就砸什麼，因此與兩百五十名警察發生衝突。

下午兩點，待命的一百名機動隊員出動，事態終於平定下來，但還是造成雙方一百多人受傷。

直接遭受衝擊的國會調查團訓斥了縣府當局、縣議會與CHISSO的怠慢，並承諾今後各省廳禁止派閥主義，同心協力探究水俁病的原因，隨即回到東京。

然而，就結果來說，探究水俁病原因與救濟受害者，卻也因為這些留下訓話離開的國家當局，與企業、學者之間的通力合作，再度葬身於不知火海的海底。十一月十一日，肥料工業會的知名權威東京工業大學教授清浦雷作，提出了另一個非有機汞說的「有毒胺說」。在通產省的協助下，這份報告當天就以《水俁灣內外之水質汙染相關研究》之名發表。隔天，十二日的《朝日新聞》上，刊載了一篇標題為「『排除是工廠廢水』清浦教授的水俁病報告」的報導。

關於食用熊本縣水俁灣的魚類後引發「水俁病」怪病，曾一度以為是從新日本窒素水俁工廠排出之廢水中的水銀所導致，然而今年夏天就在當地調查的東京工大清浦雷作教授卻做出「排除是工廠廢水」的結論，於十一日向通產省提出研究報告。

清浦教授的結論是：「水俁灣的水質相較其他海灣並沒有特別混濁，海水中的水銀濃度也不高。此外，除了水俁以外的地區也有體內累積許多水銀的魚類，人們吃了該魚卻沒有引發怪病，故要斷定水俁病是因為含有水銀的工廠廢水所導致，結論還言之過早。（後略）」

清浦造訪水俣，著手調查水質是在該年的八月底。清浦只花了短短三個月不到的時間，就推翻了熊大耗費三年好不容易才得出的結論。

通產省支持清浦的學說，也在「水俣病相關各省聯絡會議」上，表示「無法斷定新日窒水俣工廠的廢水就是原因」。

事實上，同年的十一月十二日，是厚生省食品衛生調查會向厚生大臣報告水俣病研究結果的日子。報告中，關於原因物質，他們描述如下。

水俣病，係因大量攝取棲息於水俣灣及其周遭地區的魚貝類，引發妨礙中樞神經系統的中毒性疾病，主因為某種有機汞化合物。

本來，這份報告應該有可能成為政府有關水俣病的第一份見解，但在通產省完美的策略下，給人留下了「原因至今尚未確定」的強烈印象。通產省與厚生省的對決，就這樣以通產省的作戰成功完結。

無獨有偶，隔天十三日的內閣會議上，通產大臣池田勇人以「斷定有機汞為新日窒水俁工廠所排出還言之過早」的發言，警告厚生省的動向。

水俁食物中毒部會就在當天，被勒令解散了。取而代之的是翌年二月二十六日，經濟企劃廳成立的「水俁病綜合調查研究聯絡協議會」，也就是主導權從偏向受害者的厚生省轉移到幫企業代言的經濟企劃廳，水俁病原因的究明被迫倒退一大步。證據就在，儘管政府承諾日後通產、經企、厚生、農林各省廳將合作研究原因，該協議會卻在毫無任何結論下，於隔年三月自動消失了。

政府當局又一次確認見解是在一九六八年，也就是九年後。政府內部針對水俁病原因的研究，尤其是通產省與厚生省，主導權之爭極為紛亂。結果是，親企業方的通產省運用壓力，親自摘除了初步解決此一公害病的幼苗。

通產省在企業與御用學者的合作之下掩蓋有機汞說，罪刑嚴重，但因為省廳之間的利害、角力關係，即便自己探究出來的結論被不合理的否定，卻連反駁也沒有的厚生省同樣不可原諒。第一次水俣視察未獲任何成果，被逼至絕境而暴動的漁民後來又遭加害企業CHISSO提告，為救濟弱勢創建的厚生省寫下倒退歷史的一九五九年，二十二歲的山內豐德進入了厚生省。

第三章　電話

一九九〇年十二月四日上午九點。

山內知子在東京町田的家中，接到一通電話。

是丈夫打來的。

「我接下來會失蹤。會是無法說明地點的行蹤不明……

除此之外，我沒辦法阻止北川長官前往水俁。

目前並非適合前往水俁的狀況啊。

或許新聞會引起騷動，不過不需要擔心。

只是，我想我會辭去公務員的工作……」

丈夫有氣無力地說完後，便掛斷電話。

知子並不曉得這番話的含義，因而相當混亂。並非前往水俁的狀況，是指丈夫的身體狀況不好嗎？還是各種狀況都不好？光憑這通電話實在難以判斷。

九月二十八日，東京地方裁判所針對水俁病訴訟向國家提出了和解勸告，丈夫比起之前更形忙碌了。

他是個在家隻字不提工作的人，不過，知子還是感受得到他在就任環境廳企劃調整局長的七月之後，工作量就增加了。

據說他大都超過凌晨十二點才回家，回家後也會到二樓的房間，埋頭閱讀資料、做報紙剪報等，持續工作到半夜兩、三點。

隔天早上，知子上了二樓，經常發現丈夫就穿一件襯衫和袍子趴睡著。知子非常擔心不吃飯、工作有如著魔似的丈夫身體，都會事先準備維他命等營養劑，放在桌子上。

著手處理水俣病問題的這兩個月，他連星期天早上也會接到電話，按照指示前往工作，沒得休息。

九月下旬，知子得了感冒，咳嗽個不停，向來說話不會刻薄的丈夫竟罕見地對她說：「希望妳別把感冒傳染給我。現在我可不能感冒。」

備受寵愛的小狗五郎最黏丈夫了。一到晚上，牠會鑽到棉被裡，丈夫無論多疲累也不會生氣，就讓五郎待在裡面。知子擔心丈夫是否可以熟睡，也擔心自己的感冒傳染給對方會很不好意思，為此便將一直鋪在一樓房間裡的兩人被褥抽出丈夫的，拿到二樓去。知子後來感到非常後悔。

到了十一月，丈夫益發憔悴，回到家後也毫不放鬆，漸漸變得神經質。每天只睡三、四個小時的日子持續了好幾個月，知子很擔心再這樣下去身體會弄壞，加上通勤往返還需要花上三個多小時，她便對丈夫說：

「如果把通勤時間拿來睡眠，身體比較能夠休息，那就不必擔心家裡的事了，假使工作太晚，就住旅館吧。」

之後，工作時間晚了，丈夫就會住在旅館。不過，只要當天是這樣的狀況，他一定會打電話報備「今天要住外面」。

外宿地點有東京 Toranomon Pastoral 飯店、高輪飯店、Shanpia 赤坂飯店等，大都是東京都內的商務旅館。不過，據說也會因為預約不到而睡在霞關合同廳舍二十一樓的局長室沙發上。當上局長，預約旅館這種事通常會委任下屬去辦，然而山內都自己處理。

十二月三日早上，他像平常一樣六點三十分起床，吃早餐。對著送到玄關的知子說了一句「我今天會回來」，八點離開家門。

三日晚上。

由於認為丈夫一定會回來，知子在家等著，結果他並沒有回家，也毫無音訊。

（這種情況還是第一次……）

知子想著想著，就這樣迎來四日的清晨。

在丈夫掛斷電話後，電話又立刻響起。

是環境廳打來的。

「請問局長在家嗎？」

是一位年輕男性的聲音。

「現在不在喔。」

知子如是回答。

她有一瞬間猶豫著要不要告知對方丈夫才剛打來電話，但想起丈夫「我想我會辭去公務員的工作」這句話，推測丈夫的行動恐怕未經機關允許，於是作罷。確認局長不在，這通電話馬上就掛斷了。

知子就這樣沒處理家務和任何事，直等著丈夫下一次的聯絡。

她只能等待了。

上午十一點三十分，電話鈴聲三度響起。是丈夫打來的。

「我現在在東神奈川。稍後就要回家了……」

他只說了這句話，便把電話掛斷。

這和第一通電話告知「即將失蹤」相互矛盾，知子無法確知情況究竟為何。不過，丈夫要回來了，這樣就可以安心，因此她便一邊做飯一邊等待丈夫歸來。

十二點十五分。

聽見開門的聲音，知子慌張地跑向玄關。丈夫一副精疲力竭的呆立在那兒，憔悴的模樣與昨天早上出門時判若兩人，讓知子極度焦慮。

（再不休息是不行了。）

她接過公事包，領著丈夫踏進玄關。

「要吃飯嗎？」

「嗯，現在吃也行。」

丈夫一屁股坐在廚房的椅子上，知子馬上為他準備湯。

丈夫只喝了一小口，就停下來。

「我求你，多少上樓睡一下吧。」

知子說著，丈夫也點點頭，上了樓。知子昨晚預先備好的棉被，依然鋪在二樓的房間裡。

才剛進到二樓房間的丈夫，沒多久就又出來了。他彷彿掛心著什麼事，沒辦法好好睡。下樓來，逕往電話方向走去。

對方是環境廳的樣子。知子聽見他說了好幾次抱歉。講完電話，他對知子如是說了。

「就算不去水俁，狀況也已經好轉了……所以就決定由森小姐代替我去。」

「這樣啊。」

（太好了。雖然不太了解狀況，不過總算能稍微休息一下了。）

知子想著，鬆了一口氣。

森仁美是環境廳的官房長。這是廳內次官、企劃調整局長之下的第三大職位。有關水俁病訴訟，就是由這三位長官主導處理、應對，並決定北川長官的行程等一切事宜。原本三人之中，預定只山內陪同前往水俁視察，放在二樓房間裡的黑色公事包，也早已放進山內親自整理好的衣著。

「事情太過突然，對森小姐不太好意思啊。」

丈夫再度自言自語，爬上樓梯，走進房間去。

但沒多久又出來了。這次，他手中握著機票。

「怎麼啦，有什麼擔心的嗎？」

「我把機票帶回來了，明天就要出發，這可怎麼辦。」

丈夫如是回答知子的疑問。

「既然如此，有必要的話，我可以送去環境廳，再麻煩你幫我打個電話。」

丈夫聽了，表示同意地點了頭，立刻打電話給公務單位。

「好像只要知道機票號碼就行了，不用特地送去也沒關係。」

丈夫放下話筒，說了情況，臉上首次出現放鬆的表情。

「我稍微休息一下。」

說完後，他三度爬上樓梯。

知子目送著他的背影，拚命抑制著心中的不安。無論工作上遇到多大問題，知子又有多麼不安，丈夫也總是說：

「沒關係，一切交給我。」

二十多年來的漫長時光，一直都是這樣。他總是靠著自己的力量克服困境，一路走來。

（這次鐵定也沒問題的。我只能交給他。）

知子這麼想著。

二十二年的婚姻生活，她在心中始終對丈夫保持著信賴，以及某種近似放棄的情緒。

（沒事的，我只能交給他。）

知子暗自再度重申。

第四章　背影

一九五九年，結束了兩週研修，山內被派到醫務局總務課，踏出他身為厚生官僚的第一步。

他確實認為福祉的工作是他的天職，但也沒有放棄成為小說家的夢想。好一段時間，工作結束回到公寓後，他會面對著權充書桌的橘子箱寫小說，過著雙重生活。不久，這個夢想終究以夢想畫下句點，不過這段經歷是否適用挫折一詞還有待商榷。因為，誠如前文所述，山內是憑藉著天職面對福祉的行政工作。

一九六一年十二月，山內轉到社會局更生課，處理身心障礙者的保護更生問題。兩年後，他於社會局保護課負責生活保護[15]管理事務。這段經驗，成了培育他對生活保護管理深入洞察的土壤。接著的一九六六年（昭和四十一年）八月，他轉到環境衛生局，首度著手處理公害管理業務，這時的山內，二十九歲。

厚生省裡的公害管理業務，是在一九六一年四月環境衛生局環境衛生課新設置了公害課後才開始推行。過去的環境衛生課工作，就只是指導、監督美容美髮業界和處理公共浴場的入浴費用問題等，完全與公害無關。公害組的年度預算為三十五萬日圓，負責人一名，由衛生課課長助理兼任。當時的負責人，就是後來環境廳開始運作時就任大氣保全局長的橋本道夫。橋本身為公害組的唯一負責官員，處理誰也沒有經歷過的公害管理。三年後的一九六四年四月一日，公害組升格為公害課，課員變成六人。作為第一任公害課長的橋本回顧當時的狀況，這樣說。

「就同大家所知，當時是日本經濟高度成長的繁華時期。所得倍增計劃、新產業都市建設計劃，一切全都朝著經濟成長發展。我也很期望經濟成長。畢竟厚生省苦於財政困難嘛，國民健康保險面臨破產，沒有年金，又不能沒有下水道和焚化廠，必須要有經濟發展才行啊。不過，勒令處理公害政策後，再怎麼樣都會對經濟成長造成阻礙。然而，當時只有極少數人說出『哎呀，不能去考慮公害的事啦』。

再者，厚生省在面對經濟業界可是很弱的啊。既沒有政治上的支持，也沒政治

15 日本最低生活保障制度，一種直接向窮人和弱勢發給救助金的社會福利。

力，因此規模和通產省、經濟企劃廳完全不同。我充分感受到，行政如果沒有政治和經濟做後盾，什麼都沒轍。」

當全日本都沉浸在高度經濟成長的氛圍中，橋本卻在毫無支援的情況下處理公害管理。當然，他承受了各種挫折。到了六〇年代中葉，公害激化成全國性問題，橋本等公害課的工作人員決定針對大氣汙染政策制定規範法案。

然而，就在此時再度發生和通產省的對立。通產省一九六三年四月於省內設置產業公害課，比厚生省還早一年，因此雙方之間一再爆發公害管理的主導權之爭。

一九六五年，第四十八屆國會決議於參眾兩院設置產業公害政策特別委員會，政府終於針對公害防治開始有所行動。厚生省內部，則是以環境衛生局為中心，設置公害審議會舉辦「公害相關基本施政」審議。面對厚生省這項舉動，通產省為首的各省廳提出了抗議，如「為何厚生省超越自身管轄範圍，處理屬於各省管轄事項的公害基本施政問題？是否構成越權行為？」這樣的情況。

對此，厚生省努力確保公害管理的主導權。首先，厚生省以建立公害政策基本法案為目標，將省內各個精銳集結至公害課。後來就任厚生省事務次官的幸田正孝與古川貞二郎，以及當時隸屬環境衛生課的山內豐德都是這些「精銳」的一員。山內以公害課課長助理的身分，和橋本一同建立公害政策基本法。

一九六六年十一月二十二日，山內等人制定的公害政策基本法案試行方案綱領對外公布。其中，明令記載著公害政策基本法的目的在於「保護國民健康、生活環境以及財產免於公害」。

這份試行方案發表後，遭到通產省、經濟企劃廳、經團連[16]這些所謂推動經濟高度成長方極力反對。尤其是通產省，強烈主張公害政策必須與產業、經濟健全發展調和。

16日本經濟團體聯合會，簡稱經團連，是日本一個由企業組成之業界團體，在二〇〇二年五月由「經濟團體聯合會」與「日本經營者團體聯盟」統合而成，以東京證券交易所第一部之上市公司為中心構成。

參與公害政策基本法制定的山內，對公害管理傾注了熱情，針對該法律的意義，日後提出以下記述。

有關公害問題的紛爭，雖然是由保全個人生活及權利等私權救濟方面提出，然而，另一方面，就影響多數居民生活及權利的意義來看，這些紛爭又大都帶有公益性的特徵。針對公害向行政廳抱怨、陳情的事件紛至沓來，行政廳不得不處理的原因，可以說是公害紛爭這種公益性質所導致吧。只是，現行的法律規範之下，行政廳處理公害紛爭到頭來也只是事實上的服務而已。就這一點，我們是否應該將處理公害紛爭的行政廳立場，視為制度上的公害事件當事者，來考慮立法措施呢？

首先，第一點，即由行政廳揭露環境汙染行為，以及訴請防止措施的制度化。雖然以居民陳情等為基礎的運作沒問題，但應該限制在影響公共利益等事態一定規模與程度的環境汙染上，可以的話，也應該立法規範裁判所進行審查與解說原因的義務。

另外，賦予行政廳有探究影響人體的環境汙染之義務。目前為止，針對環境汙染事件，行政廳確實曾透過活動以公費探究原因的案例，但制度上，究竟該如何參與該事件的司法救濟？這點非常曖昧不清。或許，對於這些特殊的環境汙染事件，我們應該考慮採用「公害檢察制度」，也就是賦予行政廳調查的義務，並規範行政廳須維持訴訟，確立以結果為基礎得出汙染原因，才可以避免這類社會問題造成無謂的摩擦。

（刊載於《自治研究》昭和四十三年（一九六八年）三月十日號《關於公害問題之法律救濟處理》）

山內將此討論研究作為試論，並堅持只是個人想法，嚴正提及面對公害時加害者企業與行政廳該負的責任。他的目的，最重要的就是將行政廳視為公害事件的當事人，立法賦予其探究汙染原因的義務，正是因為行政負責人的發言相當重要。

山內在文中提及「特殊環境汙染事件」時，腦中鐵定想到了水俣病一案。像這樣熱心闡述公害受害者救濟與探究公害原因的人，卻在二十二年後，以完全相反的立場，否定了國家行政對於水俁病的責任。山內的心中究竟發生了什麼樣的變化？他是否曾回想起二十二年前自己寫下的這篇文章呢？

在山內被分派到公害課，著手制定基本法的一九六六年，該年年末的十二月二十六日那天，山內被厚生省的上司新谷鐵郎叫去日比谷，塞給他某位女性的照片。照片有兩張。一張穿著和服，看起來是為了相親才拍的，另一張則是那名女性與小狗嬉戲的模樣。

「很漂亮的人呢。」

山內如此誇獎。新谷向他邀約，看看年內是否見個面。山內原本表示「等過了正月新年就沒問題」，到最後還是屈服，約好在公家年終最後一個工作天，也就是十二月二十八日於新谷自宅和那名女性見面。

隔天，二十七日，山內趁工作空檔去了理髮店。他往有樂町的方向走去，終於在車站大樓裡找到一間理髮廳，走了進去。

（一間高級理髮廳啊。）

他一邊想著，一邊坐到鏡子前。眼前浮現照片上那位女性的模樣，明天見面時要聊些什麼呢。

照片上的女性名為高橋知子，當時二十四歲，任職於日比谷的旭化成關係企業——旭DAU。把知子介紹給山內的，是知子母親澄子的表兄高崎芳彥。高崎為製作滅火器等的TOKIWA化工社長，而新谷的哥哥就在TOKIWA化工上班。

高崎向新谷說起「我的親戚中有一位很棒的女孩子喔」，新谷則回答「我們家也有一位天下第一的男人」，因而發展出這次的相親。

高橋知子在一九四二年一月二十四日生於岐阜縣揖斐郡池田町草深，為父親靜夫、母親澄子的長女。父親是在旭化成上班的工程師。由於父親因工作關係在日本到處跑，知子學生時代曾輾轉居住過宮崎、三重和靜岡。知子和山內一樣身體都不是很硬朗，中學一年級得了嚴重肺炎，還休學一年。當時，為了治療施打鏈黴素，藥的副作用導致耳朵機能變得稍差。從靜岡縣立吉原高校畢業後，就讀於昭和女子大學文家政學院。一九六五年大學畢業，進入旭化成東京事務所，當時住在三軒茶屋，工作地在所屬的旭DAU管理室。

十二月二十八日，結束當日工作的知子急急忙忙趕到當時位於東久留米市冰川台的新谷住宅。儘管明顯不是個相親的態勢，不過她聽說對方就是這麼打算而來。先前也曾相親過好幾次，卻都不太順利，這次她其實不怎麼起勁，但因為是親戚介紹的，沒辦法拒絕。

她先抵達新谷的家，一邊幫忙煮菜一邊等待，不久，聽見玄關開門的聲音。那位身材矮小的青年也不問知子的事，也沒說自己的事，只顧著和這家的小孩開心地玩耍。

（這下沒戲唱了吧……）

知子馬上這麼想。

就在她東想西想的當兒，時間就這樣流逝，兩人也沒有相親，就雙雙決定要回家去了。

雖然姑且是有自我介紹，但知子連青年的名字都記不太清楚。幾乎沒有交流的兩人就在玄關道別，沉默地走向車站。彼此之間瀰漫一股尷尬的氣氛。

（早知道這樣就不來了。）

知子如是想著。

抵達東久留米車站，知子想買到澀谷的車票，卻發現錢包裡沒有零錢了。正困擾著，山內把錢借給了她。

「謝謝。」

她道過謝，買了車票，搭上往池袋方向的電車。她沒問這個男人住在哪裡，不過對方一言不發地跟著她走，知子想，對方可能是要送她吧。

那人似乎一點也沒有想相親的意思，既然如此，可能也沒有再見面的機會了。雖說金額不大，但她很在意這筆借款。直接還錢會不會很失禮？還是買個手帕或什麼的當禮物吧？她一路煩惱著，兩人抵達了澀谷站。出站後，山內突然向知子道別。

「那，再見了。」

知子很驚訝。天色已經很晚了，即便再怎麼不正式，雙方是在意識到來此相親的情況下見面的，原以為對方也許有想要到某個安靜的地方聊聊，或是至少送女方回家等等，沒想到突然說出「再見」，實在令人太錯愕了。第一，自己連這個人的名字都還不知道。比起憤怒，知子覺得可悲的情緒更甚，縱使如此，她也說不出「請送我回家」這種話，只是回了「那麼，再見」，便決然地走開了。

遠遠就看見前往三軒茶屋的巴士燈。知子頭也不回地跑向巴士站。年末，回沼津探望雙親的知子，完全把這次相親的事忘光了。

一九六七年年初。

接近開工日，回到住宿地的知子，看了一眼堆在信箱裡的賀年卡。她瞄見一封不熟悉的文字，停了下來。

那封賀年卡的寄件人，寫著山內豐德。

他的應酬話實在稱不上厲害，字跡也不是很工整。

特此

謹賀新年

去年在新谷先生家受您款待，實在受到不少照顧。

富士的初春風景如何呢？

東京也從元旦就開始下雨，這日子正適合將去年尚未動筆的賀年卡給寫完，然而，或許是因為想著從正月就會開始忙碌不已的工作吧，總覺得會是個讓人滿是無奈的年頭呢。

昭和四十二年元旦

十二月二十八日，在澀谷目送知子離去的山內並沒有馬上回家，而是去了新宿一間他常去的飲酒店「筒井」。因為賒了帳不得不去店裡還款，但真心話，其實是想要稍微整理一下思緒再回家。

（我們兩人今天聊了些什麼呢……

當我打開新谷先生家的玄關時，看到一雙很像她風格的鞋子，明明不是黑色的，我卻不明所以地放下心來。看著那褐色的鞋子，不知怎麼地，就想著「啊啊，對方也是因為人情才來的啊」。

對方拚命聊著幾年前死去的小鳥，以及餵小鳥的方式等話題。雖然會開車卻沒有駕照，當下我就想，還真是一位不服輸的女性啊。）

一面回想著這些事，山內在吧檯喝了一下酒才回到家裡。

十二月三十日，山內特地去了厚生省公害課一趟，把新谷給的知子照片帶回家。那天，他就是在家中凝視著照片度過的。

晚上，山內和夥伴出席尾牙，並當場宣布「我會在明年結婚」。

三十一日，山內在家中大掃除。想到未來有一天知子將造訪，他便在代替桌子用來寫小說的橘子箱上貼了漂亮的壁紙做裝飾。

不同於知子所感受到的印象，那時候山內的心中，似乎已經大大浮現結婚這兩個字了。

在忙著處理這些事情中，過年了。山內經過一番掙扎，終於寄出給知子的賀年卡。

新年期間，山內在沒有收到知子賀年卡的不安中度過了正月。

（要不要為她創作一些有紀念性的作品呢？）

想著想著，他的心情一下愉快、一下悲傷，就這樣，開工了。到了八日，已經半放棄了的山內收到了知子的賀年卡。

新年快樂

我很開心地看了您的賀年卡。您一個人度過的正月究竟是怎麼樣的呢……您的心中，肯定有著滿滿的計劃吧。

前一陣子我真是失禮了。因為狀況緊急，突然做出許多給您添了麻煩的事，在此向您道歉。第一天上班我就遲到了，今年還真讓人擔憂。

百忙之中，還請您注意身體。我也不會認輸地努力加油。

山內反反覆覆看了好幾次，還做了各種分析、推測。

「您的心中，肯定有著滿滿的計劃吧」，他曾試著感到憤怒，認為寫出這種毫不關己的話，真是粗魯的女性。對山內而言，今年的計劃就意味著兩人的未來。

不過，再三看著對方的字，想著結婚後就能夠交給對方寫賀年卡了，因而安心下來。

一九六七年一月十四日星期六。

那天，中午結束工作的兩人在日比谷的日動畫廊約會。知子很喜歡看畫，再加上工作的地方就在日比谷的三井大樓，午休時間早點吃完午餐，繞去日比谷附近的畫廊看看，就是知子的樂趣之一。

山內先到畫廊。兩人稍微看了一會兒畫，打算外出吃午餐。山內帶知子去附近的鰻魚飯店，知子即便超討厭鰻魚，還是跨步和山內進了店裡。坐定後，山內從口袋裡拿出了一封信，在桌子上滑過去遞給知子。

「是這個。」

山內說著，低下了頭。

信封裡寫了山內的身家資料。七張直書的便箋上用藍色鋼筆密密麻麻寫了家人、經歷、興趣等資訊。和賀年卡同樣不太美觀又有點歪斜的字跡。從第四張開始，便箋的右上角都寫上㊙的符號，記述如下。

㊙

興趣　填滿稿紙

志願　小學時代　「有名的人」，結果到頭來也沒在畢業典禮上致詞

　　　國中時代　「詩人」，會投稿到雜誌、報紙，曾入選或受到推崇

　　　高中時代　「小說家」，很努力想要獲選文藝部雜誌的徵稿，最後還是徒勞無功

　　　大學時代　「優等生」，家鄉的期望很大，變得有點神經質，在法學院的成績屬於劣等生

為何以當公務員為志願——因為公務員考試的成績很好

為何希望進入厚生省——因為覺得那裡沒有太多秀才蜂擁而至

興趣與性情

會瞭望的景色　雲

會欣賞的事物　賓加（畫家）　鈴木信太郎（畫家）　前進座（劇團）

會品嘗的食物　發薪日後　白蘭地　杜松子酒　苦艾酒

發薪日前　咖啡　巧克力百匯　年糕紅豆湯

現在依然記得的電影　十二怒漢　長別離[17]　懶夫睡漢　他人之顏

信仰　在祖父的儒教主義與國中時代的基督教主義教育之下，我以愛護動物與尊重人類為信條，加上與生俱來的愛心，向來認為神是不謹慎且神經大條的造物主，直到今日

政治思想　略微輕佻淺薄，大體上還算是進步的穩健派　若要參選，則打算自

行組織政黨

關於那天的約會日記，山內是這樣寫的。

十四日　第一次約會　老實說前一天晚上實在睡不著　就這樣寫了那無聊的筆記　到三點半都還醒著　因為約在日動畫廊的時間實在太晚，很擔心　對方是對畫很有想法的女性，就這樣戒慎恐懼地與我晃悠於大東京之中　我不曉得要怎樣帶著女性漫步，這冬天的路面總讓人冷靜不下來

萬一談起話來，妳突然感到畏縮，對我說不去看電影的話，或許我就會呆站在某處不知所措吧

即便現在，我依然不曉得妳恐懼的原因

17 長別離（Une aussi longue absence），一九六一年由法國Henri Colpi導演的電影。

我以為只要和女性——尤其是年輕女性，聊個三十分鐘左右就大概會知道個所以然，只是雖不了解妳的想法，然而，我卻感受到有些了解妳那不可思議的黑暗

我想著，妳是否是一位內心比我還厭世，最後卻將拯救我那厭世思想的女性呢之後一旦見面，我思考的事情就會增加，已經到了不是想什麼公害政策基本法的時機了，真是擔憂

由於山內任職的厚生省離日比谷也近，兩人時常趁午休時間一起吃飯，逛逛畫廊約會。

山內的工作從那時候開始經常很忙碌，總是用包袱巾包著一大堆文件和稿紙，帶到約會的地方來。即便在下班後見面，山內也會在咖啡廳等地方打開包袱巾，當著知子的面繼續工作。知子靜靜看著這樣的山內。一直到店裡打烊，說了「再見」道別。這種奇怪的約會持續著。

（這人怎麼這麼不解風情啊……）

看著提大包袱走在身旁的山內，知子如是想著。

此時，山內正埋首於厚生省的工作，也很少寫作。他感覺自己距離寫詩和小說的生活越來越遙遠。不過，在他當時日記中的某一頁，有一篇簽上一九六七・一・十八日期的詩。

詩的標題是《倘若與妳見面》。

倘若與妳見面

我將會感到無法見到妳的日子有多麼可怕
我因為無時無刻想與妳說話而痛苦著
而倘若與妳說話
我將對妳訴說這無聊漫長的日子有多麼可怕
我因為留下話語而痛苦著

這恐怕會是我三十歲後的第一首也是最後一首詩了。這首詩的端麗不及十五歲時的一半，真是萬分遺憾。

日記上這樣寫著。

在他們不知幾度約會之後。

他們像平常一樣，去畫廊看了畫接著前往咖啡廳。此時，山內若無其事地提到自己的工作，說：

「我啊，考高級公務員考試的時候可是第二名的喔。不過，我無論如何都想從事福祉的工作，才自己選擇了厚生省……」

聽聞這番話，不可思議地，知子一點也不覺得他在自誇。

（是個很有信念的人呢……）

知子率直地這麼想。

或許此時，知子已愛上這位不解風情又笨拙的山內了。

一九六七年三月，知子從公司旭DAU離職，為了準備結婚，曾回沼津的老家一趟。兩人的約會方式，變成以電話和信件為主。那時候，山內正因為制定公害政策基本法而忙得不可開交，但他還是幾乎每天都和知子相互通信。

山內因制定法案持續熬夜工作，在寫給知子的信中也幾度提到這個基本法。

（昭和四十二年〔一九六七年〕四月八日）

我還是一如往常地忙，真是不好意思。從昨天開始，法制局已經針對公害政策基本法的法案進行審查，法制專家會逐一審查，我也會嚴陣以待。

照這樣看來，我很擔心五月初是否能如期向國會提出法案（面對民眾），我也為沒有這個閒暇，（面對此事……）感到很遺憾。

（四月十四日）

回到家已經十二點半。不同於約會晚了回家，是法案名稱定為「為防止公害之政策」好呢？還是「公害防止相關政策」好呢？或是「公害防止政策」？不，不如乾脆就定為「公害政策」吧……花了一兩個小時討論這種無傷大雅的事才回家，根本沒心情享受這夜路。原本，制定法律的困難和有趣就在這部分，看著大家超認真又超興奮地相互討論，我卻是無可奈何。

（四月十九日）

承蒙禮拜一各位特地準備好要款待我，實在非常可惜，也很抱歉，還請幫我向大家問好。

從星期一開始，我每天早上都很早出門——話雖如此，其實也是八點半才上班，一整天幾乎塞滿會議，晚上即便可以早早回家，還是有種精疲力竭的感覺。

我被行政管理廳叫去防衛廳，討論戰車的聲音算不算公害，被指責建立了公害政策審議會，揚言要廢止公害審議會（現在厚生省內部的組織），甚至產業界也強烈希望厚生省可以從公害問題中抽手，還真是個讓人疲累的（基本法的）月份。

如果順利的話，下週政府案[18]就能整理完畢，應該可以召開記者發表會。或許到時候，透過電視，會在厚生省的記者會看到我呢（當然，可能只是鏡頭前的一小角，或者看到類似的身影一閃而過）。

一旦發表後，就又會開始忙碌了。國會的審議究竟哪天才結束呢？我還是別淨說些忙碌的事好了。

（四月二十九日）

好久沒有兩人一起吃飯了，二十八日真是讓人開心，不過我心中總留著一股焦慮。今天又是下午一直工作到晚上將近十點，這時候才要離開。和妳約好的三日跟五日可能有點危險。雖然預計是和佐藤內閣會面後於十二日向國會提出法案，但法

18「政府案」（以台灣為例）是指負責的承辦單位（如司、處、科）送主管機關（如衛生署），主管機關再經行政院院會的政務委員（要打聽到與自身法案相關的政務委員）同意，才成為政府案。

案文也還沒定下來，之後還要和在野黨斡旋，日曆上的紅字感覺要變藍了。雖然見面的時候因為說了很忙而被妳笑，不過我本來就是拚命忙拚命努力的，還是請大力為我加油吧。不少人信奉官僚生活就是不過於忙碌也不犯大錯，但有時候被棘手的工作追著跑，也是身為官僚最大的幸福吧，我為此感到很開心。

（五月一日）

雖然稱不上薰風了，不過今天也算是個很有五月氣息的明亮早晨。翻開新的日曆，打開窗戶看到鯉魚旗，都感受到一股朝氣，人類的情緒還真不可思議啊。

昨天祖母特地從福岡打電話來，說要幫我把相簿整理好寄過來，還真是有幹勁。好久沒聽到祖母的聲音了，感覺老人家非常開朗，非常開心。原本聽到祖母說「你長得實在不怎麼樣，所以我只整理了拍得好看的照片啦」這種話，我就像被說駝背一般直冒冷汗，不過對祖母而言，過世的父親太上心了，才總把我和他做比較。「身為長男，必須照顧雙親」一直是我父親的口頭禪，豈料他還是留下唯一的兒子過世了，我想這絕對稱不上孝順。

即便如此，祖母和過世的祖父總誇著長男，因此也曾經讓留下來的叔父們不舒服。

祖母老是叨念著我怎麼不把妳帶去坐坐？我想她是很想見妳。明明上了年紀嘴巴都會變得比較壞，她卻一個勁兒地誇獎妳的照片（話雖如此，我也才寄了兩張過去），總覺得有點發毛。

總之，想說就回去一趟，只是五月看來是沒有辦法了。二十日之後本來預計去熊本出差，收集水俁病的資料，不過可能會跟之前去山口的時候一樣，會有其他人代替去的樣子。（後略）

在山內的日記和信件中，提到「水俁病」的部分就只有這些。當時，除了熊本以外，新潟也出現了水俁病，造成嚴重的社會問題，但政府一直未針對原因物質提出見解，以至於引來行政無為無能的批判。

對山內而言，這次前往水俁可以說是他進入厚生省後，初次得以直接接觸水俁病問題的機會。

（五月二日）

回到家已經過了一點。我還帶了明天一整天的工作回來。看來，一九六七年的黃金週並非我們兩人閃耀的五月日子，而是為制定公害基本法的地表最大作戰——原標題為「最漫長之日」。

昨天各省聯絡會議已經開始互相揭露醜事（依照原文）。今天早上的新聞就是通產省的作戰吧？沒這回事，比起這些，昨天《朝日》的晚刊報導，才是總理（首相）府寫的吧。

不不，這些全都是混淆視聽……最重要的內容議論就這樣被擱在一旁。看來，政府最終法案的交涉還是得由打著紅色領帶的良心派——山內豐德負責。我抱持著如此憂鬱，看著會議進行。很遺憾地，我並沒有偉大到能夠大聲地對他們說，「你們這些傢伙當真打算讓公害消失嗎」，並要求大家發言。由於只是因應司儀（總理府）的要求，作為旁聽人，坐在高處以技術性立場輔助說明，為慎重起見，就算有人說「電話來了」（當然是沼津局打來的），我也不能中斷會議。

進入五月後，山內因為處理基本法政策太過操勞，孩童時期曾罹患的骨髓炎又復發了。他拖著病痛的腳，連日工作到深夜。

（五月十五日）

明日向內閣會議提出之後，關於基本法的騷動終告一段落了。由於忙碌和腳痛，連寫信給妳都覺得有些為難，但可能因為稍微鬆了口氣吧，不僅疼痛減輕，也覺得有興致寫信了。

此刻的我，既害怕讓妳擔心，又希望妳擔心，心情十分微妙，聽到妳在電話中的聲音，也不知怎麼地，就放下心來了。

我有時會一隻腳痛，有時兩隻腳。但這種狀況，有時候比起本人，反而旁人覺得困擾，因此這兩三天，我偶爾想著妳究竟會怎麼想呢。

骨髓炎已經是十七年以前的事情了，也一直深信這是孩童才會得的病，老實說我自己也有點錯愕。

（五月十六日）

打了電話確認，基本法已經順利通過內閣的決議了。這樣一來，下週終於可以進行國會審議。不過，由於公害關係的委員長是社會黨的，應該會被折磨得很慘吧。

法條印出來有十頁，從去年八月進入公害課以來，歷經公害審議會的報告——厚生省試行草案、各省聯絡會議案、法律制定案等將近十個月的時間，雖然並非我單獨一個人完成，但看到這樣的成果，還是不免無限感慨。

所謂制定法律，當然就是政策的問題了。

力求保護人類健康與經濟健全發展相調和的生活環境……就厚生省案，我們要求的是保護人類健康並保全生活環境……如以調和之名迫使人類本位的公害政策向後倒退，那法律一詞還真是令人畏懼。

這次工作中我被迫深切思考出來的結果，其一，是所謂的產業界，其實意外地不信任國家。單只是以厚生省為中心推行公害政策就遭遇到如此強烈的反彈，不禁讓我對日本經濟的國家無信（背信）感到毛骨悚然。資本家與革新政黨極端的兩廂靠著國家無信才凝聚起來，這樣的政府竟然還能維持，實在佩服。

還有一點，就是官員的熱忱。只要大家集結在一起就會討論激烈，成了一場大辯論。關於這點任誰都不會非議，非常了不起。官僚常被說是成群懶散的人，不知為何對工作卻如此熱心。就因為大家都不容易妥協，辛苦的便是厚生省。也因為如此，才會擔任最終交涉這種吃力不討好的職責吧。我也不是一個很有耐心的人，多虧於此，學習到忍受各種議論的工夫，將來應該可以當上官房長官之類的吧。

關於山內在寫給知子的信中，提及制定公害政策基本法時遭遇到的困難，他的上司橋本道夫公害課長（當時）是這麼說的。

「在成立基本法的過程中，我們受到非常多責難。而且還是被立場完全相反的兩方責難呢。產業界說：『你這傢伙太嚴肅了。你是不是左派的？是不是無政府主義的擁護者？』而我們這邊的公民運動者則說：『你是資本家的看門狗，是企業的小嘍囉。』現在仔細想想，我還是覺得被罵是很棒的一件事。自己在做正確的事情，被雙方分別用相反的條件責罵，對環境公害政務來說是極為必要的條件呢。」

對於這次的法案制定，山內用「毛骨悚然」來形容各方壓力，相對於此，橋本則認為這壓力對政務而言不可或缺，用「非常棒的一件事」來接受。

這個不同點，來自於兩人面對政務這項工作的態度，以及人類的資質差異，不過若思考兩人日後不同的前進方向，就會覺得此時的認知差異非常耐人尋味。

（五月十五日　知子寫的信）

報紙的標題竟然是「拒絕公害」，人類真是太無關緊要啊。我現在才驚覺這問題的嚴重性，不過想到此時冷靜站出來的是誰，就覺得你實在是個大英雄，好不可思議呢（可喜可賀吧）。

身為英雄的你吐露了不安的心聲，夢想與希望也崩解了。是因為長時間往返於醫院吧？想必某人的笑容，更甚於醫學。痊癒之前千萬不要焦急。

（五月十七日）

雖然無法透過信件了解你的病況，不過據說骨髓炎是慢性病，應該需要一段時日吧。正因如此，才必須從一開始就下定決心。發病原因是因為工作過勞和營養不均，看來我擔心的並沒有錯。在此苦口婆心說些什麼或許也沒用，不過除了為你自己，也別忘了還有我在。

算是嘮叨了呢。我不希望你只是一介國民，成為畫中的大餅（意指統計圖），而是深切希望你成為真正的救世主。為此，對於你變成現在這樣的狀況，或許我多少有點抱怨……

山內隨後因骨髓炎病情惡化，住院兩個禮拜專心治療。

他的水俁之行，到頭來並沒有實現。

七月二十一日，國會通過公害政策基本法案。這是在通產省與經團連的壓力下，歷經難產終而誕生的法律。

就如同山內在寫給知子的信中提及的，此一法律的宗旨就以「力求與經濟健全發展相調和」這句話記述。這條被稱為公害管理聖經的基本法中「經濟」一詞，可以說是帶有重大意義。此後，公害管理便時常在國家、企業經濟發展與國民健康生活之間一面搖擺，一面推行。

在這寒風刺骨的時節，您過得可好

在此　我們將舉辦在 TOKIWA 化工社長高崎芳彥大人夫妻作媒、促成的一樁婚禮

我們將在當天舉行小型婚宴，百忙之中打擾，萬分抱歉，還請務必前往出席，特此附上相關資訊

日期　三月十日（日）正午開始婚禮

下午一點開始婚宴

場所　「竹榮」沼津市上土町

昭和四十三年（一九六八年）二月吉日

山內豐德

高橋知子

一九六八年三月十日，星期天，天氣晴。

山內豐德與高橋知子在知子的老家沼津舉行婚禮。那時，豐德三十一歲，知子剛滿二十六歲。出席婚禮有三十多人，包括知子的親戚朋友、橋本道夫等厚生省相關人士，是場十分雅致的婚禮。

兩人的蜜月旅行是去箱根。預定在三月十日、十一日於箱根留宿，十二日前往伊豆。婚禮結束，兩人到了箱根町的姥子旅館，接到一通電話。是厚生省打來的，希望山內無論如何明天能回厚生省一趟。知子對這通竟然打到蜜月旅行地叫人的電話感到驚訝，而更讓她驚訝的還有說要結束旅行回東京的丈夫。然而，只要說是工作，依知子的身分再怎麼樣也無法反抗，兩人就這樣回到東京。十一日，兩人在蘆之湖搭乘遊覽船，成了知子唯一的旅行回憶。

回到東京的兩人，在位於九段下千鳥之淵的費爾蒙酒店（Fairmont）住了一晚。隔天，山內從旅館前往厚生省上班。知子一面目送丈夫離去的背影，一面深切地想著。

（這就是開始嗎……）

從那天起，知子展開了身為官僚之妻長達二十二年的生活。而這一幕，也是她即將反覆目送丈夫背影好幾千遍的開始。

丈夫對知子沒有任何要求。他不曾希望對方做什麼，也不曾抱怨過希望對方別做什麼。就某種意味來說，他是個溫柔到近乎無聊的人。

一起生活後，丈夫遠比知子想的更加沉默，特別是關於工作的事，他總是隻字不提，只會自己一個人處理。

對於回家後也不發一語的丈夫，知子曾好幾度懇求對方說些什麼。此時，丈夫就會回答：

「嗯……不過我不想在家裡談工作的事情。」

山內屬於生活完全占滿工作的人，所以回到家幾乎不會有什麼像樣的話題。丈夫做了什麼、付諸了什麼行動、在思考與煩惱些什麼，知子始終一無所知。

有一天，因為不安導致有點神經質的知子在棉被上正座，和回到家來的丈夫相望，流下了眼淚。

「拜託了，告訴我你今天發生了什麼。譬如你吃了什麼、看了什麼，請一件件說給我聽。」

知子終於脫口而出，但丈夫的回答一如往常。

「嗯。可是我不想說。」

知子其實有所覺悟會聽到這樣的答案。

「我明白了。既然如此，從今天開始就分別睡吧。晚安。」

語畢，知子就把自己的棉被搬到隔壁房去。丈夫大為吃驚，一臉困惑地跟在她後面。

「請妳別這樣啦。」

說完，丈夫走到知子的棉被旁，一臉不曉得該怎麼辦的表情呆站著。

剛結婚時，知子曾試著用這種方式抗議，但不久後就不得不放棄。無論如何，丈夫都沒打算開口。這份拒絕，彷彿深植了某種信念。後來，知子學會從丈夫回家後面露的神情來想像（今天工作很順利啊、今天感覺不太順利呢），以便說服自己。

不過，極為偶爾的情況下，兩人在飯後喝喝茶，丈夫就會把刊登自己文章的厚生省相關雜誌，默默從桌上滑過去給知子。

雖然沒說「看看吧」，也沒有想要聽聞感想的意思，但此時的丈夫感覺非常幸福。知子心想，這就是這個笨拙的人拼了命表現的愛情吧。

有一天，丈夫對知子說：

「妳如果和更簡單易懂的男人結婚就好了。」

「那，你為什麼和我結婚？」

知子爽快地反問。丈夫起先有些語塞，不久就半開玩笑的說了。

「因為第一次見面那天，看著妳從澀谷車站跑向巴士站的背影，心想如果相親就這麼被拒絕，這女人也太可憐啦。」

丈夫笑著說。

第五章　代價

一九六八年五月一日。

結婚不到兩個月，山內被厚生省派往埼玉縣廳赴任兩年。職位是民生部福祉課長。

厚生省向來以這樣的形式，將歷年幹部候補人選派往地方任職，是讓官員親身感受福祉現場的一種體制。其他省廳也一樣，只是年資深淺會有點前後落差，例如大藏省，會於入省約第五年時以稅務署長身分分派到地方稅務署。據說，目的是藉此訓練成為組織負責人。

新婚的山內與知子兩人搬到埼玉縣浦和市（現在的埼玉市）別所沼的官僚宿舍，展開新生活。那是在他三十一歲，進入厚生省第九年時的事情。

縣廳出身要晉升到課長，最快也要四十歲左右。從中央派來的年輕菁英要一面協助現場職員一面推行工作，相當困難。當時的埼玉縣福祉課總共有五十二人，分成庶務組、企劃組、保護組、醫療組、社會組、同和政策組、更生組、老人福祉組共八個組。

山內以長官身分，處理行政福祉業務。後來，這段日子也成了山內回顧起來最為快樂的時期。

山內任職的當時，埼玉縣因為前一年九月才剛召開國民體育大會，預算和精力都已經告罄。隨著高度經濟成長，都市勞動者流入埼玉縣，人口急速增加，住宅、道路、學校等建設整備已有所延遲，保育設施和公園也數量不足。福祉政策更是嚴重，可以說根本沒有重度身體障礙者相關的設施和政策等。

山內就這樣承接前任者的設施建設計劃，具體制定身障者政策。同年十一月二十一、二十二日兩天，山內前往當時推行身障者政策的大阪、愛知一帶訪問與調查，為埼玉縣嵐山町的重度身障者療養設施匯集建設計劃，與擔任課長助理的富張武次兩人和知事會面。

當時擔任知事的是被四選選上、進入長期執政的栗原浩。

「我充分了解設施的重要性。不過，我們在國民體育大會上已經用了很多預算……體育設施大致上整頓完畢啦。地下水、下水道、道路整備的狀況還不盡理想，光被這些狀況追著跑，就沒有餘力顧到身障者的問題啦。」

聽了說明後的栗原說著，打算迴避山內。

「知事不是在四選時表明了四項目標嗎？第一點就是充實社會福祉吧？不能因為沒錢就不處理喔。」

山內詰問知事，一步也不退縮。

在山內與知事接洽後，身障者設施建設終於獲得許可。設施在一九七五年完成，也就是山內回到厚生省之後，不過在這件事上，山內扮演的角色確實功不可沒。

目睹三十一歲的新任課長與知事交涉時毫不退縮，身為課長助理的富張對山內當時的模樣印象深刻。依照富張長年以來的現場經驗，從中央官廳派來赴任兩年的課長雖然頭腦幾乎都很優秀，但比起積極處理福祉問題，他們大都寧願這兩年不要有什麼大失敗，及早回去原來的省廳。任職後不久就向知事反映意見，更是前所未聞。

（這次的課長完全不同啊……）

富張如是想著。山內任職期間，富張時常以課長助理的身分協助山內，可以說是一同走過這段時期。

山內接著著手的業務是同和政策[19]。改善被歧視部落的生活環境與部落人的教育、就職等差別待遇，從戰前以來就是一大問題，儘管如此，國家、地方自治團體幾乎都擱置不管。制定國家同和政策方針的「同和政策審議會報告」雖於一九六五年提出，不過地方自治團體依然以「不要沒事找事」的風向為主。

不料，山內卻提出要將當時不足四人的部署設置成同和政策室，並獨立出來。

「粉飾太平是不行的。只處理當下的狀況，是行政最不應該做的事情。我們必須給受虐的人們機會，讓有起色的人繼續成長。」

山內在會議上如此發言，獲得被歧視部落的道路整備等預算，致力於地方改善事業。

19日本國會於一九六九年制定「同和政策特別措置法」，採取類似美國的「優先保障措施」，要求行政機關積極的採取優先待遇政策，以化解部落民受差別的狀態。

當時，埼玉部落解放運動的中心人物，是部落解放同盟的野本武一。野本曾好幾度前往縣廳，和負責的人激烈論戰。很多人就因為害怕他嚴厲的態度而落跑，唯有一九七〇年十月一日新設的同和政策室室長山內面對處理。

山內在埼玉就職的某一年正月，帶著知子前去當時位於大宮市大成町的野本家，進行新年慰問。當時人們對部落的偏見很深，知子甚至被恐嚇說「妳會被用日本刀脅迫」、「會被潑灑糞尿示威」等，知子難免膽怯起來，心想：

「如果沒和做這種工作的人結婚就好了……」

然而，抱持覺悟前去訪問後，才發現野本原來非常穩健，一逕和山內靜靜交談，結束那天的訪問。知子的畏懼煙消雲散，與此同時，也理解了被歧視部落遭遇那些毫無根據的偏見、謠傳扭曲的形象。

某天晚上，回家後的山內嘟囔了一句：

「今天野本先生對我說：『課長，你還真是個恐怖的人呢』。」

知子並不具體理解話的內容，不過山內看似非常開心。

接著，他著手老人福祉問題。山內身為官僚的優點之一，就是前瞻性。無論重度障礙者設施、同和政策，他都早國家行政一步加以處理。在全國幾乎都沒有人理會老人福祉政策的時候，他就著眼於其中的重要性了。

「富張先生，老人問題之後鐵定會成為國家問題，不能只用四人這麼少的人數來處理喔，得增加人力才行。」

山內一邊對富張說著，一邊張羅著讓老人福祉組升格成課。

除了處理這些，山內更熱心於年輕職員的教育。

「富張先生，我們的職員都很棒，素質很不錯。我們得想辦法拉拔他們啊。」

山內總是這麼說，並一個個和年輕職員用餐，熱情地談論福祉。不可思議的是，據說他一點也不會給人說教的感覺。

「所謂人類啊，如果沒有愛他人的情感，就不算是人啦……這可不僅限於福祉。舉凡負責行政的人，最基本的就是擁有愛他人的情感啊。」

「與人應對，必須懂得體恤對方的心情。福祉的工作，不能只以自己的立場來判斷。」

「不能輸給力量……我們畢竟是正義之士的夥伴。別成為強者的夥伴。跟隨著人群前來的，當中鐵定也有一兩個正義的人。我們必須找出他們，傾聽這少數者那無言的心聲。」

「福祉的精髓可不只有給予而已。福祉的職責，在於幫助對方自立喔。有時候我們也得鞭策他們努力，振作起來。」

過去的福祉課長面對陳情的人，大都會交給各組的人處理，但山內會自行出面，親耳聆聽陳情者的訴求。態度上充滿精力，看起來也很開心。

在預定的兩年任期將屆，有些職員開始發出希望山內再多留一些時日的心聲。最令人意外的是，民生部長田甫達郎竟直接訴求厚生省的人事課長。

「山內處理的同和政策事業終於上了軌道。不曉得能否以不影響他回歸厚生省晉升為前提，讓他晚半年回本省呢？」

為田甫直率的提議驚訝的，反而是本省的職員。

「通常都是因為困擾而希望我們的人員趕快回來，厚生省還是第一次被期望讓人再多待久一點。」

負責人笑著回答了。

田甫的訴求獲得認可，山內也以福祉課長的身分在埼玉縣廳多留了好一陣子。埼玉縣就任期間的一九六九年六月十九日，山內家的長女出生了。

山內原想倘若生的是男孩，就要取名為豐貴，完全沒思考到是女孩的情況。知子生產去的醫院，是在沼津老家附近的「上香貫醫院」，困擾的山內於是就以知子的知字與上香貫的香字，為女兒取名為知香子。

山內並不討厭小孩。不過，養育孩子的事全由知子負責。當然，官僚這個職業很忙碌是原因之一，只是知子也認為丈夫身為父親的意識太過薄弱。

山內沒有蒙受雙親之愛的童年記憶。從他懂事開始，母親就離開了家，父親也在戰場。關於父親要如何和孩子互動、丈夫要如何與妻子互動、如何傳達愛意，他完全沒有具體的範本。他就在沒有學到任何愛的方式之下，長大成人。即便成為丈夫和父親，就一般意義而言，他還是找不到表達溫柔的技巧。然而，這不代表他就不溫柔。他將內心滿腹對人的溫情，展現在福祉行政上。換言之，他對福祉採取的行動以及對弱勢的溫柔，可以說就是他對無法傳達愛的妻子或女兒等親人的補償吧。於是，當他官僚的作為越是真摯，不免越讓人聯想他的人生究竟有多笨拙、哀傷。

一九七一年五月一日，山內回到了厚生省。末了，他在埼玉縣民生部擔任了整整三年的福祉課長。山內回到本省的那一天，民生部設置了山內期望中的老人福祉課。他三年來的行動與發言，在富張等許多職員心中恆久不去。

山內回到厚生省的一九七一年，年金局年金課也重新再開，可說是日本公害管理劃時代的一年。

七〇年代，隨著高度經濟成長，日本全國頻繁發生的公害問題喚起社會廣大的關心，反公害運動也達到前所未有的高峰。

一九七〇年十二月底，政府召開所謂的「公害國會」，通過十四條公害相關法律，山內著手制定的基本法前文也刪除了「與經濟調和」的條目。接著，一九七二年度的預算編列中，政府決定設置環境廳。當時的四日市公害訴訟，原告受害者獲全面勝訴，公害管理乘著輿論順風車大幅前進。

一九七一年七月一日，山內回到厚生省兩個月後，環境廳以預算三十九億七千萬日圓、人員五百零二名開始運作，肩負著國民一小部分的期待。約五百名成員，是由厚生省兩百八十三人、農林省六十一人、通產省二十六人等十二省廳集結而來，當然，就引發了哪個省廳出身者要包辦局長、官房長職位等紛爭。結果大家訂定了規則，前三高職位的事務次官、企劃調整局長與官房長就由厚生省與大藏省分別任職。水質保全局長為農林省，審議官為通產省，事情才終於落幕。對官員來說，大家最關心的才不是同心協力處理公害問題，而是如何讓自己出身的省廳在環境行政上有利的發展。環境廳於是在背負著複雜的背景下啟動了。一九七一年，就是這樣的一年。

若就成立的過程來看，該省廳的起頭說是一帆風順顯然還差得遠，而運作後硬被推託的包袱也不少，其中一個就是水俁病。

為「環境廳」設在代代木新廳舍裡揭牌的山中貞則，初代環境廳長之後，就被名為「水俣病告發會」的三十人團體包圍，接受了申請書。整個事件，象徵了環境廳多災多難的前途。

此時，水俣病的狀況極為紛亂。自從一九五九年厚生省的調查結果石沉大海後，新日本窒素工廠廢水完全沒有相關對策，任憑繼續流放出去。該年十二月，水俣工廠在排水設施中加裝了淨化裝置，以示解決問題的態度，但後來得知，淨化裝置對有機汞完全不具任何功效。工廠方從一開始就知道這件事，卻為了矇騙漁民和媒體竟做出這種掩飾行為，實在卑劣。

一九六五年，未從水俣記取任何教訓的企業和行政，在新潟縣阿賀野川沿岸的昭和電工乙醛製造工廠廢水又引發了水銀中毒，也就是所謂新潟水俣病這種新的疾病。

政府對於熊本水俣病和新潟水俣病的見解受到通產省等抵制，一直無法對外公開，一九六八年九月二十六日，才終於透過厚生省與科學技術廳發表出來。距離官方發現熊本水俁病之初，其實已過了十二年又四個月。

水俁病是因長期且大量攝取水俁灣的魚貝類，所引起的中毒性中樞神經疾病。官方公認，原因物質為甲基水銀化合物，是由新日本窒素水俣工廠之乙醛醋酸設備中生成的甲基水銀化合物於廢水中排出，汙染了水俣灣內的魚貝類，當地居民攝取體內保有濃縮甲基水銀化合物的魚貝類而引起。

一旦認定原因在於CHISSO的工廠廢水後，水俁病相關問題就被侷限在兩點上。其一，是補償金額問題。

自從受害者家庭互助會在一九五九年經低額撫慰金打發後，就再沒有任何激烈的行動，而隨著政府提出見解，他們也開始新的補償交涉。只是，互助會經過內部反覆討論的結果，分成了交由厚生省決定補償金額的完全委託派（六十五歲世代），以及想以裁決有所了結的訴訟派（二十八歲世代）這兩派。

一九七〇年五月二十七日，CHISSO針對完全委託派的補償金做出決定，死者慰問金從一百七十萬日圓調到四百萬日圓，生者由八十萬日圓調到兩百萬日圓，年金也由十七萬日圓調整到三十八萬日圓。然而，只相當於重大事故支付死者補償金的五分之一而已。

另一方訴訟派的一百一十二人對此低額補償表達抗議。同年六月十四日，他們向熊本地方裁判所提出總額約六億四千萬日圓的起訴，水俁病問題正式進入訴訟抗爭的時代。

另一個問題，就是水俁病的認定制度。一九五九年十二月二十五日，熊本縣為了判定水俁病而設置「水俁病受害者審查協議會」，由協議會負責診斷患者與判定水俁病的住院、出院事宜。一九六一年九月協議會接受厚生省的改組，成員從七人增加到十人，重新成立「水俁病受害者審查會」。往後，由該審查會負責審查水俁病的補償領取資格。然而，此一認定制度的判定基準相當嚴格，造成被駁回申請者為數眾多。在設置環境廳的一九七一年彼時，水俁病的認定基準出現大動搖。被駁回申請的受害者聯合起來，要求行政不服審查[20]。

在這樣的情況下，一九七一年七月五日，第二任環境廳長官的大石武一就任。經歷一年的長官職務後，大石親自展現了新設環境廳的執行方向。

大石於八月七日向熊本、鹿兒島兩縣知事要求撤銷駁回處分，並以事務次官身分針對水俁病受害者認定要件提出所謂的「四十六年度事務次官通知」。該通知認為救濟受害者之路應該比過去更寬廣，可說是打破醫學與各省廳之間派閥主義的一項決定性決斷。

當透過認定申請人截至目前的生活史，以及其他與該疾病有關的疫學資料等判斷，無法否定是因該地區水質汙染所造成的影響時，必須承認該人的水俁病是因受到該影響，並立即進行認定。

20 對於行政機關做成之行政處分不服者，提起審查請求或聲明異議。

就這份通知，大石同年八月二十六日在參議院公害政策特別委員會上也提出以下說明。

以我們的立場，在面對水俁病時，還是希望盡可能進行大範圍的救濟。可以的話，當然必須要有正確的診斷，但對於有所疑慮的對象，只要多少認為和水俁病有關，我們也要盡量處理。

（中略）確認為水俁病，毋庸置疑！這種從原因、結果上來看都是水俁病的案例自然不必多說，不過被認定多少與該有機汞有些關聯的案例，我希望也懇請再做考量，盡可能給予處理。

（中略）譬如，除了單純的水俁病以外，還出現了其他症狀，好比曾攝取所謂的有機汞，或是長時間攝取有機汞之類的情況，我們也很難斷定有機汞不是可能性之一。我的想法，是希望包含這樣的情況，從更多方面進行判定。

縱使醫學上有些疑問，也要盡可能拯救多一點因不安、恐懼水俁病所苦的人，大石的出發點在於人類的良心。那是個用良心推行公害管理的理想主義時代。至少大家期望這麼做。

環境行政搭上輿論的順風車，度過了短暫的豐裕期。一九七三年爆發石油危機後，高度經濟成長的神話隨之崩解，公害政策預算在企業合理化之下被削減，公害管理不利，而正因為有過這短暫的順風時期，通產省、運輸省等所謂經濟掛帥的省廳對環境行政的壓力才會如此之大。

一九七二年二月，就發生了這樣一件象徵性的事件。

環境廳披露了大氣保全局汽車公害課長榊原孝（四十一歲）留下了家人，從一月二十八日失蹤。榊原當時是制定廢氣排放法的負責人，因而媒體大肆報導他的失蹤。

近來，課長似乎對家人說了「自己很疲累」的話，長久以來面對連日徹夜編列預算，以及因限制基準與運輸省斡旋、對汽車業界動向感到憂慮等，不僅感到疲勞，甚至變得有些神經質。

妻子香代子小姐表示：

「去年年末在預算編列時，他一直連續熬夜，一月以後每回到家都晚上九點、十點，總像口頭禪念著『好累』、『好累』。去年夏天接獲任職命令時，他曾說過『這是很辛苦的工作』，不過他是個在家絕對不談工作的人，所以我完全沒有頭緒。原本以為他很想得開，顯然新的省廳工作太過辛苦了吧。他很喜歡喝酒，每晚都會小酌，最近量是稍微少了點。他的身體很硬朗，幾乎從來沒有因病請假。」

當時的新聞上寫著這篇報導。

一九五三年，榊原於名古屋大學工學院畢業，進入運輸省汽車局整備部車輛課，直至環境廳運作之前都在處理車輛整備關係。環境廳開始營運，他就任汽車公害課長，著手制定柴油引擎的一氧化碳相關規範，並於三月中提出結論。

對此法律的制定，汽車業界與運輸省以當前技術水準成本過高為由，強烈反對大量生產。由於出身的運輸省意向與環境廳態度不同，他被夾在中間，因此曾向同事訴苦，也曾對家人說過「如果無法完善，我就要辭職，也會去找工作，妳和孩子就回老家吧」。據說有天晚上，他突然在深夜叫醒妻子，拿出圖表一面說明新法律所制定的排放廢氣規範，一面囁嚅著「麻煩了、麻煩了」，簡直完完全全陷入神經質的狀態。由於制定法律的負責人失蹤，環境廳下達嚴密的封口令，隱瞞失蹤的事實。

越是認真思考問題，負責的人就會越痛苦。環境行政從運作的那一刻起，就有著這般複雜的背景。

七〇年代前半，厚生福祉行政與環境行政同樣飛躍地前進。不過，也有很多部分什麼政策都沒有，就這樣擱置不管。其中一項，即是癲癇患者政策。癲癇在法律上屬於精神疾病，因此與身障者等區分開來，不做福祉對象考慮。松友了（「日本癲癇協會」常務理事）因自己擁有癲癇的孩子，對此提出質疑，與十多位癲癇孩子的家長組成「家長會」，拿著陳情書向當時的厚生大臣（齋藤邦吉）陳情，請求政府把這些人列為福祉對象。那是一九七三年的事。接受這份陳情，把松友引見給大臣的就是山內。

山內回到厚生省，在年金局年金課擔任兩年的課長助理，並於該年七月就任厚生大臣祕書官事務經辦人。山內從松友口中聽聞了癲癇的說明，身為一名福祉行政官，對於沒有任何相關福祉政策感到不解。山內於是到處奔走，尋找任何可能的救濟，當他知道法律上完全沒有方法時，就開始以個人方式救濟受害者。

「癲癇在行政上，是以精神保健法作為精神疾病處理，而該行政由負責醫療的部門所管轄。山內先生負責的是福祉部分，也就是基於福祉法施行的行政。在美國等地，癲癇屬於兒童身障，會以福祉的領域處理，日本則不屬於這樣的對象。

在我們陳情之後，山內先生成了障礙福祉課長。該課主要以身障兒童或弱智兒童為服務對象。以部門來說，癲癇當然不算在障礙福祉課，但山內先生卻不拘課長與官員的身分支持運動，甚至參與運動。他允許我們在福祉課所有空間貼上『癲癇協會』的宣傳海報，每年的義賣會也會自己帶東西來賣。」

對於山內，松友如是陳述。

一般來說，在政府體系之中，權責劃分都是一清二楚的，不插手其他部屬的事情更是常規。正因為松友很清楚這件事，才會對山內的行動感到驚訝。那陣子，山內的賀年卡上除了新年問候以外，還會印上「癲癇協會」的介紹文，並標註郵政信箱號碼，提醒中了有獎賀年卡及郵票，務必捐給協會。山內個人為何會這樣參與松友他們的運動呢？

「我的小孩本身就是癲癇，協會六千名會員之中，也有許多人是癲癇患者的家人及專門醫生，但他完全都不是。說起來，他就是一名行政官，而且還不是直轄的行政官。為什麼他要支持我們、願意理解癲癇問題呢……時至今日我還是不明白……

就我的推測，大概因為他就是一個人類，敏銳地理解到近百萬名小孩的煩惱，以及沒有相對應福祉政策的現狀吧。」

對於山內的行動，松友是這樣感想的。從埼玉回到東京後的一九七二年，次女美香子出生，山內成了兩個孩子的父親。在家，山內和會為孩子操心的父親形象相距甚遠，但同為人父，面對松友等人的行動，還是引起他個人的共鳴吧。

山內把家庭教育完全交由妻子處理。謠傳知子曾說「比起一億人的福祉，偶爾也考慮一下我們三人的福祉」，當下他的反應是「別說得這麼過分」。

不過，從此山內就時常在隨筆裡歡樂的寫下兩個女兒的事，所以也不能說他完全沒有身為父親的自覺。如果工作提早結束，他常會去澀谷的繪本專賣店「童話屋」買童書回家給兩個女兒。一九七九年，女兒已經各是小學二年級與五年級的某天，山內家的電視壞掉了。大家都主張馬上買新的，不料山內卻藉機淘汰了家中的電視，代之承諾每天睡前會念童話給兩個女兒聽。多虧了約定，山內更加頻繁前往「童話屋」了。《彼得兔系列》、格林兄弟的《花衣魔笛手》、《騎鵝歷險記》、新美南吉、矢川澄子、坪田讓治等作家的作品，陸陸續續出現在山內家的書架上。

即便抱持著對逆境的恐懼，福祉環境行政的現場依然充滿沸騰的熱情與正義感。

在這短暫的時期，山內也以行政官員和父親的身分，沉浸在稍縱即逝的幸福當中。

如今回想起來，確實是猶如瞬間的光景。

第六章　誤算

一九七八年七月三日。

因應水俁病問題，環境廳事務次官再次發出了通知。題為「促進水俁病認定相關業務」的這份通知，針對水俁病的判斷條件，由「個案且一般非特異性症狀」轉為「需綜合性檢討之必要」，重視症狀對照，全面否定上一回「有懷疑就要救濟」的通知。如此一來，水俁病受害者的認定再度回歸嚴格的基準。

大石長官的「若不能否定為水俁病，就要認定」通知後，申請認定者急速增加，到一九七七年九月底為止，水俁病認定受害者已經高達一千一百八十人，補償金額為三百零七億日圓。由於石油危機，經濟收支轉為赤字，CHISSO也想盡可能減少認定受害者的人數。

政府想出了兩項CHISSO救濟方案。其一，發行熊本縣的「縣債」，由政府和CHISSO的主要銀行——日本興業銀行受理，並將該金額貸款給CHISSO。第二項，就是名為「重新制定認定基準」的「割捨受害者政策」。

這項割捨計劃實施於第二次次官通知提出的三年前，一九七五年八月發生的某個事件之初。熊本縣議會公害政策特別委員會的兩名委員長七日造訪環境廳，商討水俁病政策，說出以下的發言。

「假受害者會以補償金為目標接二連三來申請。」

「認定審查會要分辨這些假貨與真貨非常辛苦。」

自此，《週刊新潮》等「告發假水俁病受害者」報導益發顯著起來。一九七七年一月，《週刊文春》雜誌刊載了當時環境廳長官石原慎太郎的發言。

「我想透過自己的眼睛審視及重新調查水俁。雖然一有疑慮就拯救、施以醫療救濟是很好，但正因為是用縣民、國民的錢來救濟，就會發生非公害受害者混入其中。受害者集團裡有十幾個派系吧，還有醫生、新左翼和在野黨。儘管這不是單憑意識形態就能夠左右的問題。」

（《週刊文春》昭和五十二年〔一九七七年〕一月二十七日號）

由於進入低成長時代，不想撥預算給公害政策的企業，以及和該企業維持合作關係的官僚，加上始終想拍馬屁的部分媒體，為了以水俁病切割公害受害者，展開了組織性行動。他們透過財團與通產省，對厚生省及環境廳施予有形和無形的壓力。

壓力下的「犧牲者」，也就是公害病患者眼中所謂的加害者，其中一位便是一九六七年和山內一同制定公害政策基本法的橋本道夫。

橋本在制定基本法之後，還制定了 SO_2（二氧化硫）環境基準，更為了救濟公害受害者於一九七三年制定「公害健康被害補償制度」，明令汙染企業事先提供補償給受害者的預算。橋本簡直是以促進日本公害管理，累積他官僚的經歷。不料，一九七五年八月，就任環境廳大氣保全局長的橋本，卻由於將當時被稱為複合性汙染元兇的 NO_2（二氧化氮）環境基準緩和至三倍，而被公害受害者批評為背叛者。

在該法條惡化之前的一九七五年四月十一日，《產經新聞》與被迫修改基準的企業、通產省砲口一致，於「正論」專欄中刊載了論文《改正不當的環境行政吧》。作者嚴厲批判 NO_2 的環境基準不當，並以「美國鋼鐵業界的頭頭（聽了這些事情後）對作者表示：『日本的企業，會因史無前例的賠償制度、嚴格基準與居民運動等壓力而破產。』——」煽動石油危機下庶民的不安情緒，完全無視支氣管性哮喘（按：簡稱哮喘）患者的痛苦，疾呼修改基準為當務之急。該名作者，正是當時東京工業大學的名譽教授清浦雷作。一九五〇年代曾研究水俣病原因提出非有機汞說的清浦，於一九七〇年代再度為通產省代言，在環境行政惡化上發揮偌大效果。

一九七三年五月制定的 NO_2 環境基準為一天平均 0.02 ppm，立即引起汽車業與鋼鐵業等業界的強力反彈。橋本於一九七八年實施的環境基準修訂，可說是意圖全面性因應這些企業端。

「關於七三年的 NO_2 日平均為 0.02 ppm 這項基準，我深切了解當時制定者的心情。水俣事件重演了。四日市發生了公害。

四日市的空氣汙染太嚴重，因此才會出現SO_2（二氧化硫）的精細疫學數據。不過，NO_2的研究還沒有達標。然而，要等待數據齊全，空氣汙染恐怕只會不斷擴大。因此『果斷』地說，我完全理解會制定當時那種基準的心情。

只是，還留下了幾個問題點。

所謂NO_2日平均為0.02 ppm啊，從越嚴格越好的角度來看是沒什麼問題。不過，就連我們這些一直協助研究的團體，也無法光有那些數據就果斷地提出結論。

如果把所有優先順序都放在社會性與政治性的價值上，那就是往果斷的方向前進了。只是，所謂的行政管理啊，並非將一切順位都放在社會性與政治性的價值上啊。果然呢，還是要有科學的合理性，並從中找出公正與各種問題的均衡點來進行判斷，因此我才覺得這項基準太弱了。

還有另一點呢，就是一天平均為0.02 ppm實在是太過死板，這種空氣條件簡直如北海道般稀少。這樣一來啊，要達成這項條件實在強人所難。越嚴格越好的這點也是，雖然我是理解這項運動的初衷，但我認為公害管理上要做到這件事還是太困難了。

因此，在我就任大氣保全局長的一九七五年，我決定要再度進行科學性的檢討，累積五年份的新數據看看會得出些什麼，並以此為基礎做判斷。我是將七三年以來的五年間，也就是到一九七八年為止的新數據全部檢查過，才修定基準的。」

橋本道夫回顧當時的情況，如是說。

橋本認為七三年的環境基準其實並沒有收齊數據，而是經由政治判斷才制定的，七八年的基準修訂才是科學性判斷。

一九七八年三月，中央公害政策審議會向環境廳提出報告，NO_2的基準從一日平均為 0.02 ppm 變成最多 0.06 ppm，也就是緩和了三倍。

對於修訂這項基準的意圖為何，橋本在七月六日的國會上受到嚴厲追問。

質詢者　各自治團體一直在進行防止公害計劃，為了多少能達成現行環境的基準，經過許多努力才走到今天。即便財經界與企業方給予各種壓力，大家依然努力杜絕。然而，環境廳最近的動向，卻將讓我們因為立場問題和企業不斷磨合，好不容易累積起來的成果化為泡影。事實上，人們對於環境廳已經極度不信任。這回的重新檢討，使我們不禁懷疑過去為何要認真達成 NO_2 的規範。對於自治團體的累積與努力，您有什麼看法？

橋本　現階段，面對修訂問題，身為大氣保全局長也正是最辛苦的時候。對於過去非常努力的夥伴，我也感到很抱歉。無論被說是背叛者還是什麼，我都充滿歉意。整件事的責任在我。

質詢者　我想您也經歷了很多痛苦的報告吧。無論被地方自治團體批判是背叛者還是什麼，我還是要說。您的說明。（中略）看來，橋本先生的身後有某種被操控的影子。我認為橋本先生在環境行政領域中，是屬於相對而言評價較好的一位。橋本先生為何改變了心意？這件事，目前對大家意義重大，不僅僅是疑惑，更是一種困擾。

就在緩和基準的國會論議期間，鋼鐵聯盟出資者財團法人「鋼鐵設備窒素酸化物防除技術開發基金」（通稱 NO_x 基金），被爆出以研究費名義對六十五名學者贊助六億日圓的事實。由於學者之中，包含了對環境廳報告這次重新審核基準的中央公害政策審議會成員，以至於該報告是否為科學性判斷，令人懷疑。

質詢者　我認為，一再強推緩和環境基準的鋼鐵聯盟、石油聯盟、電力協會和汽車等相關學者，都不能進行實質審議。這些相關人士戴著學者的面具，成為了中公審（中央公害政策審議會）的專門委員會成員。就結果來說到底有沒有影響，這邊我們先暫且不談。然而，僅僅因為受人照顧，無法違抗該企業和企業組成的財團，無法做出批判，就是世間的常理，就是人情嗎。（中略）

我就直截了當地說了，我不得不認為即使橋本先生也無法抵抗財經界的壓力。

對於這項基準修訂，橋本在著作《私史環境行政》中，就曾提及受到經濟界「為什麼不設定為美國和國際間認可的年平均 0.05 ppm？年平均 0.03 至 0.02 ppm 的標準實在是不必要的嚴格」的攻擊與壓力，並說明整件事情的原委。

受害者批評橋本的行為是因為受到企業壓力的屈服、倒戈。

然而，橋本自認完全沒有倒戈這回事。原因在於，對橋本而言，所謂行政，絕非百分之百站在受害者方或企業方。橋本認為，行政工作考量了輿論與時代狀況、公害反對運動的興盛與否、經濟成長率等面向，選擇最平衡的路線，找出折衷方案。只是，如此一來，行政判斷就會時常有利於背後施予金錢和政治壓力的一方吧。

橋本如是說。

「會有毫無壓力的社會嗎……任憑哪裡都會有啊。在公家機關，大家分擔的責任不同，要如何取得平衡，就得靠辯論啊。要怎麼調和環境與經濟，就得激烈辯論。關於這點，日本的通產省倒是學習得不錯。簡而言之，環境基準在科學上是很不準確的，所以認知和判斷才會不同，再加上還有政策利害的糾結。決定這些，就是所謂的行政啊。」

他將「壓力」一詞替換成「辯論」來評斷。而他的行政，就是透過「辯論」的力道，以決定前進的方向。結果，當住民運動有力量時就靠向住民，企業發聲變強了、住民運動疲軟時就靠向企業。這樣一來，行政本身就不存在主體性，不受人類良心左右，唯有純粹職業意識支持的平衡感。假使汽車車輛數增加，事實上在都市礙難遵守 0.02 ppm 的 NO_2 基準，這時橋本就會將標準放寬到可以遵守的限度。橋本這種使行政符合現實的態度，或許就是官僚不可或缺的處世之道吧。山內終其一生沒能學到這些。

同心協力制定了基本法的山內與橋本。兩人在面對福祉環境行政時的態度，經過十年的歲月顯然有很大的改變。

在山內留有遺言的書桌上，放著橋本的《私史環境行政》。這本書可說是一位行政官員花半輩子對公害管理隨時代後退的描述，山內又是抱持何種心情閱讀的呢？

一九七八年七月十一日，環境廳發布了修訂後的 NO_2 新標準。一個月後的八月十一日，橋本道夫辭去環境廳局長一職。離開環境廳的橋本接受筑波大學邀請，在環境科學研究科教授環境政策課程。

翌年一九七九年，當時的首相大平正芳就日後的福祉行政，提出結合「日本人自立自助精神」與「相互扶助措施」的方針。

此一發言等同於宣示放棄由國家進行福祉行政。

同年的一月二十三日，山內就任社會局保護課長。保護課負責生活保護相關業務，山內為實質負責人，處理生活保護問題。

一九八〇年秋天，山內與福祉新聞社社長河村定治之間有了一項計劃。長期與山內私交甚篤的河村，注意到山內對福祉的觀察敏銳，便提議他以福祉行政為題，在報紙上連載報導。

「嗯。也不是不能寫啦，不過一想到自己現在的立場，怎麼也下不了筆，就寫不出有趣的事情了吧。」

山內如此回答河村。

「那就請你用筆名吧。」

河村緊追不放硬是要讓他答應。山內考慮了一下，如是說了。

「那，作者就設定是熟悉日本的外國人怎麼樣？不是也有人用Isaiah BenDasan這名字寫了日本人論嗎？」

「這應該會很有趣。務必麻煩了。」

經過這番交涉後，於同年的十月開始連載了。標題為《福祉之國的愛莉絲》，作者是位挪威的女記者叫愛莉絲·橋韓森（音譯），公費來日研究日本社會福祉的人物。連載首先提到福祉這個詞彙，一般來說，全世界都有意指實踐性社會活動的社會服務（social service）一詞，為何在日本卻是福祉（社會福利，social welfare）這種抽象的概念呢？緊接著這項疑問後，作者寫了以下觀察。

傳統上支配日本人情緒的一項要素，就是佛教提倡的「慈悲」精神。日本人在和自然交流中培養出「物之哀」和「古樸」這種獨特的典雅觀感，對人類和社會的態度也保持著獨特的感受，那就是名為「慈悲」的博愛精神。日本人之所以將社會服務稱之為「福祉」並加以重視，就在於遵循著「慈悲」的教義。（第一回）

戰後的新憲法，是基於當時占領日本的美國人撰寫的草案所制定，雖然時至今日一部分保守派政治家對其不悅，不過其中一小節，就大力提倡了社會福利。（中略）

總之，由於當時憲法明載規範了這項鮮明的政治理念，毋庸置疑的更增強日本人對「福祉」的崇拜力量。（中略）

然而，請允許我做些批判，那便是日本決定將「福祉」於憲法中作為國家政策理念，似乎會對日本將來的社會服務發展造成某種不均的結果。

日本社會服務不均，就是一方面培育極為早熟的福祉國家理念，一方面卻徒留不成熟的技術和組織。日本憲法賦予「福祉」國家級的威信，發揮了極大的作用。

然而，不知為何，「福祉」的理念並未深植於實踐社會服務的土壤裡，只被裝飾在

名為憲法的花瓶裡而已。（第二回）

時至今日，日本人提倡的「福祉」依然不是指動員技術、費用和人才營運的社會服務，而是被憲法歌頌的國家的「慈悲」責任和義務。（第三回）

山內這樣分析日本人的福祉觀念，接著將矛頭指向官僚。首先，就是戰後制定福祉相關法律的官僚。

這些法律的制定者、參與立案的官僚，對於設置官廳機構和建築物等福祉設施非常熱心，卻毫不關心培養技術和人才等社會服務的本質，讓人相當訝異。而與其說不關心，還不如說是安居在某種樂觀主義的思想中吧。（第十一回）

日本的福利辦事單位，是在架空官僚機構內備有完整社會服務之必要技術和人才下建立、運作的。

因此，不僅福利辦事單位人員完全無法活用地方公私立機關，和專家的技術、知識，就連官廳機構之間的提攜也難以充分行使。

假使是因法律上的制約引起這樣的事態，那社會服務要作為技術性活動發展下去鐵定瓦解。畢竟社會服務一旦追求技術服務的合理性，就必定發展成跨越機關、制度的專業性合作活動。

在日本的社會服務現場，還無法認同這樣的趨勢。身為公務員的社會福利工作者和各類福利辦事單位的素養，實在沒有高到具有發展性的水準。對他們來說，比起職業上的自負，對所屬官廳機構的忠誠還比較強烈。（第十三回）

他的論點指摘官僚的派閥主義是妨礙日本福祉行政成熟的原因，更進一步發展成無視福祉為文化和行為的日本人論。

福祉並非抽象概念，是文化，也是行為。所謂福祉，並非建物或機構，最重要的是人，以及人的技術。山內一再重申。

據說連載開始後，想要打聽作者的詢問蜂擁而來，更相繼出現演講的委託，河村因此相當困擾。

連載共九十七回，持續了整整兩年。

山內由福祉的實地措施統整出來的觀察，就這樣相繼編織成文章。年輕時以小說家為目標，那時面對著稿紙的熱情與挫折，在目標轉為福祉後，山內再度願意面對稿紙。連載的同時，山內也將自己對福祉的想法整理成一本書出版。在名為《為思考明日社會福祉設施的二十章》（中央法規出版）一書中，山內對經濟優先的時代提出嚴厲批判與質疑。

戰後三十餘年，在我國產業開花結果的技術發展背後，隱藏著讓我們瞠目結舌的事實。或許，以仿效已開發國家來說，這可以稱之為成功。然而，這只是戰爭時期各方面都朝著精神主義一面倒的同個民族，運用技術達成了前所未有的經濟發展。儘管如此，同樣的情況為何沒發生於我國的社會福祉上呢？

只要想到這點，我就會認為，我國社會福祉的「技術稀薄症」除了歷史的餘裕以外，還受到日本人對社會福祉技術的態度，以及措施方式的強烈影響吧。

其一，相較於產業技術，能在社會福祉領域發揮的技術，亦即這門專家的培養，可說是完全不同的情形。

事實上，社會福祉的技術，就是人與人交流的技術，比起社會科學，發展上更具以人類觀、社會觀為最大基礎的特性。

我國的風土民情，為何會有輕視社會福祉技術的文化特性？此外，在戰後社會復興的過程中，我們是否培養了以產業經濟成長優先，比起社會福祉技術落後，大家更在意電視與家電普及的這種「電子式」日本文化？這就是我觀察了日本社會福祉養成過程，得出的些許傷感結論。

山內在書中批判了輕忽社會福祉、全心力投注在經濟成長上的時代，並闡述福祉技術養成的當務之急。然而，往後的時代，社會卻是朝著捨棄福祉的方向加速前進。

一九八一年六月。

推行財政改革的臨時行政調查會報告了行政改革方案，針對老人醫療的付費化福祉、教育提出嚴格管控的方向。

隔年，一九八二年十一月。中曾根康弘於內閣即將上路的宣示演說中，提倡「自立自助的精神」，並以「勇健的文化和福祉」為口號。接下來的態勢，更逐漸將口號具體化。首先是十一月十七日，以厚生省社會局保護課長的名義，發函一份配合臨時行政調查會行政改革走向的通知。

這份名為「關於適當、正確推行生活保護」的通知寄達全國福祉事務所，大大影響了日後福祉事務所生活保護相關的行政。這份因標註「社保第百二十三號」號碼，俗稱「一二三號通知」的通知上，大幅提到暴力團員等受到不應該的生活保護、接受補助者私底下乘坐高級車之類的事實，呼籲補助審查要更嚴格、公正。針對這些不當的補助事件，《週刊新潮》和厚生省意向一致，宣稱須徹底糾彈。各報紙也沿用厚生省公開的資料，刊登有關生活保護不當補助的案例。

事實上，因這項適當、正確化而被摒除保護的，大都是單親家庭或獨居老人。和水俁病審查的「有疑慮就不要救濟」同樣的邏輯，背後都有著國家縮減社會福祉預算的事實。

國家的社會保障預算成長率在一九七八年為十九・一%，隔年變為十二・五%，再隔年為七・七%，呈現逐年下降的趨勢，到了一九八二年已經降到二・八%，和防衛預算的成長率呈現相反的方向。一九八五年度的預算中，國家針對地方行政的補助率減少了一成，生活保護費補助金也從十分之八降到十分之七。國家將福祉的責任推到地方行政上，預算的經營卻由中央強力主導、控管。這份控管，也反映在福祉事務所社會工作者（caseworker）的實務上。所謂社會工作者，就是受理生活保護的申請、定期訪問補助家庭，並進行生活指導的職員。福祉事務所任用專職職員的都市非常少，依照公家機關的系統，大都是被一括採用[21]的一般職，經人事分配到福祉事務所。

換言之，截至昨天還在負責處理戶籍和計算稅金的職員，突然就開始以社會工作者身分處理福祉行政，接觸生活保護家庭，幾乎沒有應有的專業技術和訓練。眼前淨是生活保護家庭和保護申請者的工作現場而已。

山內著眼於福祉執行上的問題，於一九八五年出版了《思考福祉的工作》（中央法規出版）一書。該書將焦點放在一九五一年提出的「社會福祉事業法」第四章，第四章第十八條的「負責社會福址工作之社會福祉主事資格」項目中，明載著「社會福祉主事，必須為事務官員或技術官員，年齡二十歲以上者，人品高尚，深思熟慮，對促進社會福祉有所熱情……」。針對這點，山內有了以下的看法。

關於從事福祉工作的公務員資格，規定中特別強調人品高尚、深思熟慮、對促進社會福祉有所熱情的條件，我覺得非常耐人尋味。

為了不引起誤解，我先說，我相信社會工作者本身必須要將人品高尚、深思熟

---

21 同一時期被雇用的一批新人。

慮與對促進社會福祉有所熱情的理念當作個人修練的目標，也應該大力推崇。然而，人品高尚與深思熟慮這種原本應屬於個人倫理領域的道德義理，就這樣被帶進職業人士的資格中，且訴諸於法定條件，我總覺得有些疑惑。

就從事以生活保護為主的福祉工作的公務員倫理和職業理念，我也看不出有哪個體系跟上戰後社會福祉的新步調。換言之，由於跟不上，便將社會福祉工作屬於私人救濟事業時代的職業倫理，直接套用在社會工作者的公務員資格條件上嗎？

再者，對從事福祉工作者要求人品高尚、深思熟慮這種道德規範，也可以說是反映了將福祉工作視為訓練對方人格的場所。

以社會工作者的角度來說，他們也很難想像全面保護補助家庭的生活，人格指導會是所謂社會工作者的職責。

每位社會工作者都要努力讓保護補助者對他們的人格寄予信賴，這一點非常重要。只是，萬一這種心態太過，我們也必須加以注意，是否會導致社會工作者強制保護補助者順從他們個人的這種錯誤方向發展。

福祉工作，被世人尊崇為人格高尚者才能從事的工作，此外，在日常的業務中，他們面對的也大都是因為遭遇種種困難，不得不在生活上展現依賴的人。為此，對從事這項工作的人而言，所謂工作上的職責，很容易在未來的某一天，變成對自身人格特質的自尊心。

從舊社會事業的時代以來，從事福祉工作的人一向就被周遭期待要有高尚品格與成熟思維。畢竟，這些被期待的人格與思維本身，也是為對象進行「指導」與「訓育」時的所需。

我認為，理由就在此。

在福祉的職場上，由於與對方屬於工作上的關係，如果沒有相當的自制力以及反省的度量，就很容易陷入自以為是、強迫的心態。我們應當思考，正因為要有自我認知這件事，周遭才要求從業者人格必須高尚吧。

社會工作者的工作不同於教育孩子，並非因對對方的生存方式懷有責任的關係而行動。

如果欠缺洞察對方的想法與感情，又或者未能充分掌握對方的家庭狀況與社會條件，那麼社會工作者本身學習到的價值觀，就可能超越建言說服對方的限度，也就是變成所謂強迫的境地，像這種時候，如同一般常說的，反而會招致對方的反抗或造成他們意志消沉。

其次，最致命的，就是補助者本身和社會工作者都沒有察覺，這種精神主義式的社會服務，正是妨礙該家庭自立成長的真正原因。

要發現這層妨礙自立的阻礙，需要超然冷靜且無微不至的洞察力，如果一開始就只著眼在當事人欠缺意志的要因，到頭來還是無法期待他們能有正確的判斷。

談到醫療工作，醫療疏失會引起社會騷動，甚至演變成訴訟的醫療事故。談到教育工作，民眾也出現擔心老師資質的聲浪，以及不能將一切教育託付給學校的意見。

相較於此，社會福祉的工作情況又如何呢？

社會上，幾乎可以說不會因社會福祉設施服務內容的「福祉事故」而引起騷動，或是擔心社會福祉工作人員素質低下等聲浪。

但是，我希望能在此仔細思量。

社會福祉的實務上，當真沒有發生像醫療工作那般造成問題的誤診與診療事故嗎？社會福祉的職場上，當真不會看見像偶爾出現在報紙投書欄上，那些被家長批判的問題教師與缺乏幹勁的教師嗎？

山內對福祉現場的這份觀察，確實點出了要害。就如同他所指出的那般，在社會福祉的現場，社會工作者與生活保護補助者之間不斷發生問題。現況是任由毫無專門技術輔佐的精神論主導現場。以至於社會工作者的「自以為是」與「強迫」，引發好幾起被生活保護摒除、因補助問題而自殺的案例。

一九八七年一月二十三日，札幌發生一件驚人的事故。一位未獲得保護的女性遺留下三名孩子，就這樣餓死了，引起媒體大篇幅報導。

同樣地，在東京二十三區中，也屬於積極實踐生活保護適當正確化的荒川區，舉凡高齡者和單親家庭的生活保護對象急速減少。八四年之後的五年間，保護家庭從兩千五百戶下降到一千四百戶。結果，八七年十月，一名七十八歲的女性自殺前留下一封寫給社會工作者的遺書，記述著對被拒絕保護的抗議。

再者，八八年十二月，同樣居住於荒川區的前酒店小姐燒炭自殺。她因為體弱多病無法出門工作，受到生活保護，卻被前來公寓的社會工作者懷疑「有男人拿錢照顧妳吧」，甚至還被檢查換洗衣物和壁櫥中有沒有男性的貼身衣物等，屢次受到嫌惡的對待。

同樣在八八年十一月，七十二歲的獨居男性苦於被生活保護拒絕，上吊自殺。負責這名男性的荒川區福祉事務所社會工作者在某次的訪談中，如下回答。

「我對多少有在努力的人是很溫柔的。可是，淨是一些不努力、人生過得亂七八糟的人啊。我自己也沒學歷，是一介粗鄙之人，所以才拚命活到現在。也因此，我無法原諒不努力活著的人。」

然而，憑什麼這名自殺的男性被單方面用「拚命努力」這抽象的標準，和身為社會工作者的女性比較，只因沒有比「我」努力，就不得不否決他的生活保護？究竟有誰，又為何能如此斷言他沒有拚命努力活著？

社會工作者像這樣的態度、思考與言語，正是山內在著作中提到的危機。

但，將社會工作者自以為是的行為正當化，促使生活保護補助家庭急速減少的「一二三號通知」，不正是僅僅兩年前山內擔任厚生省社會局保護課長名下所提出的嗎？山內對此有什麼想法？

他在《思考福祉的工作》中，更曾提到以下內容。

> 即便是家人、朋友這樣的人際關係中，我們也常常因為看似無意的言語和行為，在心中留下不明所以的不愉快。
>
> 更何況對生活保護的補助者而言，某些意味著關乎當前生活的一切，專責社會

工作者的言行舉止有多麼容易被誤解，甚至招致多麼強烈的不安和困惑，自然不難想像了。

負責生活保護工作的社會工作者，必須要有能夠面對工作特性的知識和處理能力。

不過，我認為要結合這樣的知識與能力，因應生活保護工作的人，是具備以人類為對象的這項特質，社會工作者最該被期待的基本資質，就是對人類抱持關心。

生活保護的工作因為長期和人接觸，造成社會工作者心理上的緊張和負擔，而且不僅工作期間，連工作以外的時間和假日也持續累積著。因此對缺少關心人類的人要求忍耐這種負擔的心理特性，實在強人所難。

缺乏這種特性與資質的人選擇了福祉工作就職，老實說，這樣的悲劇對工作的對象而言自然相當不幸，對選擇的本人恐怕也十分痛苦。因為這可不同於其他職場，是很難將工作與自己的生活劃分開來。

要能忍耐福祉工作每天的工作，就是與人會面，持續觀察對方的心境和生活並作業，以及工作帶來的身心緊張與負擔，基本上唯有對人類關心、感興趣，才可能擁有這樣的適應性。

然而，現實並非如此。

在公家機關，稱被分配到福祉事務所為「孤島流放」。會這樣稱呼的理由之一，是因為福祉事務所大都設在公家機關外面，但最重要的，在於加班很多，視情況還得面對暴力團員與酒精依存症患者。

此外，在公家機關爭奪出人頭地機會，這項工作分配顯然繞遠路了。被分派的人員大都馬上申請轉調，打心底期盼從「島嶼」回歸的日子。

即便並非如此，他們也不會站在被保護者一方，更加保護補助者。因為這麼一來，就會影響日後的升遷。普通職員都盡可能拒絕保護申請，以便任期過後回到本所。

這種現象可不僅限於地方行政。在中央官廳也直接套用這種區公所與福祉事務所的關係。而在中央，環境廳就相當於地方的福祉事務所。

由於環境廳比其他省廳起步得慢，課長以上的廳內幹部職位當時都被其他省廳來的人給占滿了。換言之，福祉事務所也一樣，都不是由原本就對福祉和環境有興趣的人負責該業務。必然的結果，就是通產省出身的人一定會以符合通產省意向的環境行政為主。

這樣的情況也發生在部長級環境廳長官的職位上。從八〇年七月開始，任職一年四個月的第十二任環境廳長官鯨岡兵輔回顧就任當時的情況，如是說了。

「這實在不是一件好事，自民黨政治為派閥政治，而且多數人也認為環境廳長官並非可喜可賀的職位。

原因在於，第一，預算很少。就連現在，也只有五百億日圓左右吧。這樣可什麼都辦不成。

再者，從政治觀點來看，這是非常重要的公家機關，卻沒什麼特權。

因此，誰也不想做。

我和很多人的想法一樣，老實說擔任環境廳長官的時候，也認為我是因為派系太小，才被趕到這麼無聊的地方呢。」

在山內全心全意處理福祉的時候，周遭幾乎都認為「職業就是職業，要和自身生活劃分開來」。此外，就如同「適合福祉工作的資質」那般，這件事情也改變了「福祉」所面臨的狀況。

這是山內的誤算。

山內自己提出的「對人類關心」的資質，反而成了福祉行政的阻礙，很不幸地，比他人擁有一倍這種資質的山內，或許也是最不適合「福祉」的人才吧。

在這種情況下，如同自己所相信地那般全心投入福祉的山內，就夾在身為人類的良心與官僚這職業之間。不久，山內「身心的緊張與負擔」再也無法忍耐這樣的摩擦，以致引發了「悲劇」。

而直到「悲劇」發生，並沒有很長的時間。

第七章　餐桌

十二月四日，晚上八點。

在二樓房間休息的丈夫下了樓梯。知子想準備點對身體溫和的食物，就做了湯和麻婆豆腐等他。丈夫來到餐桌旁，吃了麻婆豆腐。

知香子從公司回來，美香子也從補習班下課回家了。

「我有事想讓女兒們聽聽。」

丈夫告訴知子。

一家四口在餐桌旁集合。

吃完飯的丈夫，有氣無力地開始說了。

「爸爸今天打算從公家機關辭職，留下紙條回來了……

我再怎麼樣也無法面對不想做的工作……無論如何，都不想處理水俣病的工作……

有太多事情我不得不對自己說謊。

爸爸只想做自己相信是正確的事情……」

斷斷續續地說完之後，他面向長女。

「往後該怎麼辦才有飯吃呢……知香子……能夠交由妳的薪水負責嗎？」

知香子那年從S女子短期大學英文系畢業，四月開始在橫濱櫻木町的N通運公司就職。

知子為這突來的一番話撼動，只是盡可能裝作平靜的樣子，對三人開朗地說著。

「我會想辦法的，不必擔心。」

（既然是這個人決定的事情，那也無可奈何了。）

知子心中反覆對自己這麼說。

（至今為止，這個人也經歷過好幾次痛苦。然而，他總是說「沒問題，交給我」，到頭來也解決了不是嗎？這次也是，和以往一樣。）

知子如是想著。

先前保持沉默的次女美香子開口了。

「我還能繼續上大學嗎？」

美香子就讀都立的M高中三年級。她想成為獸醫，正在努力念書。第一次大學共同學力測驗就在一個月後。

「啊啊，對了……妳明年就要上大學啦……」

丈夫彷彿第一次聽到一般地囁嚅。

（不是說什麼「啊啊，對了」的時候吧。這人到底怎麼回事啊。）

知子因為丈夫的反應太過笨拙而無法理解，見美香子感覺很不安，便接著說：

「妳有著確實想要做的事情，就別擔心了，努力用功吧。」

隨即面向跟往常一樣渾身無力坐著的丈夫，故作精神地說：

「你只要想你要退休了就好。

只要想成你比較早一點退休就行啦。

一切都會順利的，沒關係，沒關係。」

丈夫沉默著，凝視知子好一會兒。

「爸爸很不擅長拜託人和把工作交給他人，會很辛苦的喔……」

美香子嘟囔了一句。美香子是個感受性強又天真的人，和父親很像。因此，她也確實、敏銳地掌握了父親的性格。

兩個孩子回房間，客廳裡只剩下夫妻兩人。

丈夫看起來終於稍微冷靜了。

兩人獨處，知子回顧二十二年來的結婚生活，對丈夫說：

「你一直都很忙呀……」

那是她真正的心情。

丈夫意外地有些開朗，笑著這麼說：

「不……我很開心啊。」

知子因為這話總算安心下來。她本來還在想，要是從這人口中說出真的很辛苦、很痛苦的話可怎麼辦，一聽到「很開心」，知子感覺自己的辛勞和這人的忙碌都得到了回報。

之後，兩人隨便聊了一會兒，丈夫便上二樓去了。

（這樣就能稍微休息一下了。）

知子看著他的背影，這麼想。

半夜，知子曾一度因為在意丈夫的情況而醒來。她上了樓，靜靜打開房門，探頭窺看。

丈夫似乎睡著了。

然而，等她走近棉被旁，丈夫睜開了眼睛。

「睡得著嗎？」

知子問，丈夫在被窩裡微微頷首。

第八章　不在

「我調到環境廳了。」

知子像往常一樣送上班去的丈夫到了玄關，卻為這突然的話語塞。

「沒問題，交給我。」

看著知子一臉驚訝，丈夫這麼說了，走出玄關。

一九八六年九月五日。

山內從就任二十七年的厚生省轉到環境廳，擔任官房長。

由於從厚生省這個大機關調到環境廳這麼小的機關，周圍的人也有些擔心。不過，山內在厚生省時隸屬公害課，有著參與過公害政策基本法制定的自負。

轉至環境廳當時，朋友伊藤正孝曾說：

「你去了很有價值的機構呢。」

他笑著回應：「你是這麼想的啊……」然後開心地說：「不，其實我也是這麼想的。」

大約山內就任官房長一個月前，另一個人也轉到環境廳，那就是第十八任環境廳長官稻村利幸。

稻村是出身栃木縣政治家族的議員，年紀輕輕才三十四歲就初次當選，以「清廉政治家」為宣傳口號，並於同年的七月二十二日由中曾根的第三次組閣延攬，首度入閣。

然而，表面下，稻村其實喜歡股票到被稱「股票專家當政治家」的程度，甚至退職前的一年四個月期間，幾乎每天過著在長官室操作股票，完全無涉環境行政的生活。

稻村原本就是個和「清廉」相差甚遠的政治家。一九八〇年，爆發以其夫人名義買下了四萬八千股投機集團「誠備集團」壟斷的宮地鐵工股，事後，他苦苦解釋：「是因為受熟人委託，才借用妻子的名字。當時並沒有談到要買宮地鐵工股，我也對事態變成這樣感到震驚。」

接著，一九八五年，他又被揭露將資金委託給因投資事件而被捕的中江滋樹運用以取得借款，第一秘書因而辭職。

「我本身和中江會長沒有見過面，完全不認識。秘書也是受害者，因此我打算受理辭呈。」稻村如是說。

任期間，他光是股票買賣就有五千萬股，次數高達三百數十回。一開始他將大型證券公司當作交易窗口，據說一旦股票不如預期上漲造成損失時，他就會把負責人叫到長官室，大聲斥責：

「你以為可以讓國會議員有所損失嗎！」

在股票市場上，可謂惡名昭彰的政治家。

由於交易手段太過骯髒，大型證券公司接連脫手，似乎最後就只剩下中小型證券公司會理他。

四年後的一九九〇年，稻村因擔任長官時代逃稅高達十七億日圓而被捕。

轉到環境廳的山內，自制定公害政策基本法後，時隔十九年再度處理環境公害行政。

山內轉調當時，環境廳正處理公害健康被害補償制度修訂的問題。該補償制度是由山內的至交橋本道夫負責，面對公害受害者，因應等級（從特級到三級）支付補償金——事先從排放公害企業手中收集來的政策費。

然而，經團連的公害受害者全國達十萬人，企業負擔總額超過一千億日圓後，就對通產省與環境廳施壓，想辦法要廢除這項法律。他們的理由是，明明空氣汙染已經不像過去那麼嚴重，支氣管哮喘等公害受害者卻增加了，這很奇怪；哮喘是從江戶時代就有的疾病，原因大都來自於香菸，因此，不能斷言是公害造成，不能補償。

在大多數地區沒有遵守緩和三倍的 NO_2 濃度之下，企業、媒體和學者合作，不斷高喊「公害已經結束了」。《週刊新潮》上，也刊載了告發假公害受害者的報導。

該補償制度的創始者橋本道夫，以學者身分擁護經團連和通產省「公害已經結束了」的主張。水俁病與 NO_2 環境基準惡改時，是由清浦雷作扮演御用學者，這回換作橋本執行。

於是，該年十月三十日，公害政策審議會的報告交付到稻村長官手中，環境廳也提出往後一概不承認哮喘等公害受害者的新規定。

山內轉任的當時，環境行政相較於過去為救濟受害者而與大藏省、通產省對立的立場，有了一百八十度的改變。從設置以來經過十五年，環境廳成了代表國家的「偉大」公家機關。

相對的，那時候的山內夫婦過著平穩的日子。不用照顧女兒，假日時兩人大都出門看畫、看電影。

有一天，兩人前往新宿的伊勢丹美術館。內有名為「印象派與後印象派畫展」的展覽，展示畢卡索和塞尚等作品。

他們平常一進入會場便分別看畫，相互約在出口見面，那天，知子想到一個主意。逛完一圈後，面對前來出口的丈夫，知子有些惡作劇地說了。

「請你帶我去看你最喜歡的畫。」

丈夫不論看畫或看書，即便覺得喜歡或有趣的地方，也幾乎不會明確說出來，這點知子非常清楚。然而那時候，知子卻唯一一次很堅決。

語塞的丈夫不久便逆著人群流向，再度往入口走去。知子緊張、雀躍地跟在他身後。

丈夫在一幅畫前面停了下來。

（啊啊，今天來這裡真是太好了。）

知子看著那幅畫，如是想著。丈夫為之停下腳步的畫，也是知子今天欣賞的眾多畫作中，最喜歡的一幅。

那是克勞德．莫內的畫作，《倫敦查令十字橋——霧中煙雲印象》。

莫內很喜歡冬天的倫敦，其中最為吸引他的，就是倫敦的霧。迎來六十歲的莫內在一九〇〇年到一九〇三年期間，反覆造訪了倫敦，描繪霧的風景。那幅畫是一九〇三年的作品，描繪泰晤士河和他喜愛的一座橋，被淡紫色的霧包圍。

由於放下心來鬆了一口氣，以及和丈夫欣賞同樣一幅畫的喜悅，知子買下了那幅額繪[22]，踏上歸途。

22 指帶框的畫。

那時兩人頻繁地去看畫展，他們特別喜歡印象派的畫。山內曾在一次海外出差去了巴黎，順道前往奧賽博物館。博物館裡收藏了許多印象派的畫，山內非常喜歡。等退休後，兩人一起去奧賽博物館吧。那是一對逐漸迎向晚年的夫妻，心中保有的小小夢想。

電影部分大都由知子邀約，不料有一天，丈夫難得地主動問「要不要去看電影」。由於太難得了，知子有些納悶，但也沒什麼不好，於是兩人就約在新宿的中村屋見面。

工作結束後前來的丈夫，已經決定好要看的電影及影廳了。影廳為新宿歌舞伎町裡的 Theatre Apple，正在上映為期五天的二輪電影《長別離》。

「這部電影從年輕時第一次看，到今天已經第五次了……」

丈夫頗為感慨地嘟囔。

看著平常不太會表達喜好的丈夫這般深情款款地說著，知子也對這部電影抱持強烈興趣，興奮地等待開演。

《長別離》為一九六四年在日本公開放映的法國黑白電影。舞台是巴黎，季節為夏季。黛蕾絲是一名在郊外經營咖啡廳的中年女子，有一天，一名男性一路哼著歌，經過她的店鋪前。那男子的面貌，讓黛蕾絲非常驚訝。那名男性，與十六年前被蓋世太保帶去後就下落不明的丈夫阿貝爾非常相像。男子失去過往所有的記憶，但黛蕾絲確信，在湖畔蓋了間小木屋，靠收集舊雜誌過生活的男性就是自己的丈夫。男性從脖子上取下剪刀，剪下撿來的雜誌上的照片等，仔細地保管在箱子裡。

黛蕾絲招待那名男子到咖啡廳一起用餐，希望能恢復他的記憶。用餐後，兩人配合著點唱機的曲子跳舞。黛蕾絲發現男子頭部後方有個大大的傷痕。

夜晚，黛蕾絲對著準備離開店裡回家的男子背影叫了丈夫的名字。男子停下腳步，緩緩舉起雙手。看來，在他心中，甦醒的唯有戰爭時的納粹記憶了。

獨自留下的黛蕾絲心裡抱持著微小的希望，或許到了冬天，丈夫就會回來……

構成這部電影的戰爭記憶、等待丈夫的妻子、收集剪報的興趣、與丈夫不在的相關事件，都與山內的人生有不少重疊。

到頭來，山內將誰投影到了黛蕾絲身上呢？是失去丈夫，留下獨生子豐德離家出走的母親呢？還是時至今日，依然下意識在心裡某處等待不會再回到自己身邊的父母的自己呢？再者，阿貝爾又與誰重疊了？

「唉……為什麼這部電影會看了五遍啊？」

離開電影院，漫步在新宿街頭，知子不斷問著。然而，丈夫只是笑笑，一直沒說出原因。

當時，知子會藉由兩人一同看電影和看畫，以確認從不訴說自己的丈夫究竟在想什麼、感受了什麼。長年的夫妻生活，知子很清楚知道，直接詢問對這人是行不通的。她當然有想過放棄，然而或許這個時候，她更自信就算不用言語，也能夠互相理解。心靈相通……知子腦中浮現這個詞彙。兩人畢竟已不再有一般的爭吵，也不需要言語。然而，並非他們夫妻特別，對已經養育兩個孩子到某種程度的夫婦來說，這一點也不罕見。知子如是想著。

山內除了美術館巡禮以外，還有另外一個夢想。那就是，年過五十歲的男人都會有的平凡夢想——擁有一個自己的家。

山內在轉調至環境廳的隔年一九八七年三月二十九日，為一家四口在東京郊外的町田買了一間獨棟房屋，從世田谷上用賀的公務員住宅搬了過去。雖然世田谷的公務員住宅離辦公地比較近、比較方便。

「如果是獨棟房子，會比現在距離辦公地更遠，也會對身體造成負擔，退休之前待在這裡就好了吧。」

知子這麼說，但丈夫還是買了《住宅情報》回來，反覆閱讀。這段期間，週末兩人也會拿著情報誌，到處奔波。薊野、多摩新鎮、綠山等，他們看了很多地方，卻沒有找到喜歡的物件。相對於住大樓也無所謂的知子，丈夫很堅持獨棟房屋。到了秋天，兩人聽說町田藥師台正在販售建造好的房子，就過去看了。

藥師台是新興住宅區，留有許多綠地，被大自然包圍。最重要的，附近有藥師池這美麗的池子。

山內在埼玉時代住的公務員住宅旁邊就是別所沼公園，後來移居到世田谷上用賀，附近則有馬事公苑。山內夫婦假日時大都會造訪公園，悠閒的過一天。才造訪一次，山內就非常喜歡藥師池，但聽說必須要在招募日前一個禮拜就開始排隊才行，故曾一度放棄這個物件。然而，十月的某一天，他去看了別的物件，注意到當天竟是藥師台住宅區的第二期招募日，想說就先去看看。

去了事務所，發現住宅區地圖上的某一塊還沒有種薔薇花。他詢問狀況，原來還剩下三間，於是當場就簽約了。

腹地面積五十五坪，木造雙層建築，價格為四千七百八十萬日圓。山內之前曾因福岡的叔母勸誘在福岡大野城買了土地，於是他把那片土地賣給了經營不動產業的老朋友，作為備取資金，剩下不足的部分向銀行借貸。

或許是因為買了自己的家太過開心，那天起到搬家的這五個月，山內好幾度造訪那個家。有時一家四口會帶著便當到藥師台野餐，有時則和知子兩個人。

「我去開個窗戶讓風透進來。」

他也會一個人出門，在還沒有任何家具的家裡度過一整天。此時山內會帶著照相機，盤腿坐在什麼都沒有的地板上，拍拍看起來笑得很幸福的自己。

搬家的一九八七年八月，山內家又多了一個家人。

小狗五郎。

某天晚上，女兒美香子覺得被丟在附近公園裡的小狗很可憐，就撿回家了。一開始他們有尋找可能收養的人，然而這期間漸漸產生了感情，結果決定養在自己家了。美香子為牠取名為五郎。知子負責早晚帶五郎散步。

也由於帶狗出門散步，知子再度為住家周圍的大片大自然震懾。隨著季節變化的花草樹木，也可愛不已。

「那片空地開了白色的花。」

「那條路邊長了藤蔓的草。」

晚餐時間，她就會開心地向丈夫報告今天的花草觀察。

知子還買了山與溪谷社出版附有照片的花草圖鑑《日本的野草》。知子很享受在散步回程中摘下讓她停留目光的花草，翻閱圖鑑查詢名字。

一九八七年九月二十五日。

山內就任環境廳自然保護局長。他著手處理管理國家公園與保護石垣島白保珊瑚礁的問題，夫婦也在同一時期開始關心大自然。

偶爾夫妻兩人會在假日帶著五郎散步，知子很開心地告訴丈夫長在道路邊的花草名字。常常兩人散步完回家，就圍著摘回來的花草，也不準備做飯，就只猛盯著花草圖鑑。

「這個是大狼杷草哦。」

「不對，是小栴檀草啦。」

一九八八年三月，山內自己也寫起了花草觀察日記。循著日記，夫妻倆散步時的模樣也鮮明了起來。

三月十二日

紫背金盤　唇形科　筋骨草屬　四〜五月
到處都有阿拉伯婆婆納　不久還看到圓齒野芝麻　薺菜也滿地盛開
纖細的春紫菀
有一兩處開了鼠麴草　藥師池還有東北菫菜

三月十八日
綬草（盤龍參）　蘭科　綬草屬
看到一群筆頭菜　寶蓋草　苦苣菜　疑似歐洲千里光　荷蘭耳菜草

三月二十六日
綿棗兒　百合科　八〜九月
救荒野豌豆的花　到處開著
不曉得是不是彎曲碎米薺　庭院裡也有　蒲公英也終於要飛向各方

二十五日桐生開了金錢薄荷　也有看到直立婆婆納

四月八日

矮桃　報春花科

五月二十四日

大地錦草　大戟科

知子　摘了紅菽草

國會周邊　發現庭菖蒲

此時，除了週末帶五郎散步以外，山內也會在午休時間去職場的霞關一帶和出差地持續觀察植物。

六月十日
釧路近郊　東北堇菜　西洋蒲公英

六月十八日
鐵掃帚
知子　在鎌倉看到虎尾蘭

十月二十二日
黃瓜菜　一叢
大概是因為夏季炎熱吧（知子說的）？　有地錦草的白花

日記就像這樣，持續了一年以上。
期間，山內的隨筆中，也觸及對土地的親近。

既然要思考自然保護和環境問題，當然就必須理解土地與生長在土地上的生物。然而，不僅僅如此，如同我們所繼承、後世還要承襲下去的日本文化與生活，文字是體驗基礎那般的意義，就能了解親近土地的重要性嗎？不能忘記親近土地與了解土地的重要性。

雖然這樣強力主張，但自己三十多年的生活中，與土地的接觸也是大片空白。這段空白期間出生並長大成人的兩個女兒，完全沒有親近土地的記憶。對於每當電視播放土壤科學講座，就回二樓愉快聽著CD和卡帶裡的音樂的女兒，我該如何去闡述、傳承自己少年時代那些與土地生活的日子？我完全沒有自信。

山內如此記載著。

只是，山內絕對稱不上度過一段豐富的少年時期。確實，他家裡有著廣大的田地，街上也保留許多大自然景色，但他本身並沒有親身接觸這些大自然的經驗。他闡述的這些熟悉土地的記憶，只是他一手創造出來的偽記憶。

可以說是五十二年後的現在，他和知子兩人追求與大自然交流，重新填補了他那不存在的少年時期。

知子，是那種光看餐桌擺著熱騰騰的飯與味噌湯，就會感到幸福的類型。反之，丈夫很不擅長從日常生活中找出喜悅與幸福。他對這種平穩的幸福沒有興趣。

也因此，一起散步的時候，他曾經突然問過知子：

「妳和我在一起幸福嗎？」

「和我在一起開心嗎？」

如果知子沒有明確回應，他就會說：

「妳已經讓一個男人幸福了，就滿足點吧。」

「哎呀，或許幸福的男人可不只一個呢。」

知子就像這樣逗著他，兩人笑了出來。

喜歡煮飯的知子，假日時也很常在家烤麵包。

「好吃嗎？」

每逢這麼問，丈夫一定回答：

「嗯，好吃。」

不過，無論知子想要當天來點特別的而磨了藍山咖啡豆也好，或者只是泡即溶咖啡也好，丈夫都是一面同樣說「今天的咖啡真好喝啊……」一面喝下去的人。

對工作以外的生活不太顯露興趣、工作又彷彿被什麼追著似的丈夫，知子總有一股無法言喻的不安。

知子會邀丈夫帶五郎散步，或是假日在藥師池優閒度過等等，只希望能讓丈夫感覺還有這樣的幸福。對知子而言，植物觀察也是其中一項嘗試。

兩人懷著各自的不安，度過這段好不容易造訪的平穩日常。

一直到一九九〇年，山內的植物觀察日記依然持續著。

四月一日

寶蓋草　三界草　金錢薄荷　就在地藏坂一帶

像三葉委陵菜（一般的）移植林一帶

四月八日

救荒野豌豆（又名大巢菜）和小巢豆的不同　疑似附地菜　傍晚和知子出門

四月三十日

與知子帶五郎散步

茜草　蒲公英的不同

在萬葉苑知道了日本老鼠鬚

那年春天，長女知香子從短大畢業，就職於N通運公司。

山內把女兒就職後不會再用到的書桌搬到自己房間，很開心地拍了書桌的照片。

根據山內的隨筆，這張桌子似乎負載著長長的歷史。

山內從小就夢想在又大又堅固的桌子上寫字。因為那時候的他夢想當一名詩人或小說家。結婚當初，知子的嫁妝裡有張大大的宴會用桌子，他好一陣子把它當書桌。經歷了埼玉時代後，山內搬到上用賀，就買了自己的桌子。只是長女上小學後，這張桌子就成了女兒的書桌，遠離了山內，嫁妝的桌子也成了知子的縫紉架。沒辦法，他只好用餐桌來寫信等等。吃飯時間，山內會拿著筆和墨水在家裡走來走去。

在那之後過了十二年，這張桌子經過長年的旅程，終於又回到山內面前。

山內非常喜歡寫文章，三不五時就會寫信給朋友及熟人。有時候是贈品的回禮，有時候是聯絡同學會上見到的朋友，他會像這樣每天寫信給某個人。賀年卡也逐年增加，這時候已經超過一千張了。

此外，他也是個整理狂，會將他人寄來的信及剪下來的新聞報導等勤奮地統整起來，放在文件箱裡。山內就在拿回來的桌子上處理這些事情。然而，最後，山內在抱持著年少夢想，經過十二年空白後又回到自己身邊的這張桌子上，寫下的並非隨筆、小說和給友人的信，而是留給上司的道歉。

一九九〇年五月六日
地楊梅　雀稗　燈心草科
水田埂邊長著匍莖通泉草　群生的通泉草
附近還有雀舌草　以及稻槎菜（？）

這是山內的植物觀察日記中，有寫日期的最後一篇。在那之後，日記就只有寫上紫斑風鈴草、夏枯草等植物的名字。與其說是對植物的興趣減弱，倒不如說是因為太過忙碌，山內能夠面對植物的時間被剝奪了來得正確。筆記本上的某一頁，甚至只記述了野菰一個詞，讓人感到寂寞，這本日記也就此結束。

那正好是山內就任企劃調整局長的時期。

第九章　回家

一九九〇年七月十日。

山內就任環境廳的最高位階——企劃調整局長。從自然保護局長升到企劃調整局長，是成為事務次官的途徑，山內完全走在這條升遷的路上。

當時，環境廳正在處理石垣島白保的新機場建設問題、長良川河口堰問題、防止地球暖化等許多課題。全是被迫在開發還是自然保護二選一的地方居民生活，讓當代人相當頭痛。

山內自己也著手處理了防止地球暖化的計劃，在八月各國政府召開的第四回氣候變遷相關審議會（IPCC）全體會議中，他以通產省、運輸省等二十人的政府代表團之「首席代表」身分參加，造訪瑞典的松茲瓦爾，過著忙碌的每一天。除了這些問題，環境廳還有更大的課題。那是山內就任企劃調整局長兩個半月後的九月底。

九月二十八日下午兩點。

東京地方裁判所七一三號法庭的荒井真治裁判長，在水俣病東京訴訟的辯論中，提出了以下主旨的和解勸告。

像本案這類造成多數被害者、史無前例的大規模公害事件，自官方發現後已經過了三十四年以上，卻依然未能解決，對於此事我真心感到悲痛，為了盡早解決，我認為訴訟相關人員必須在某個時間點做出某種決策才行。本裁判所判斷，在當前的時間點，所有當事者應該一同探索水俁病解決之路才最為妥當，故在此提出和解勸告。

荒井裁判長的這篇勸告文中還提及、指出：「光憑現存的（認定）制度，要解決目前的水俁病紛爭實在很有限」。

環境廳為這份和解勸告大受打擊。他們沒有想到這樣的和解勸告會以記錄成文書的方式呈現，再則北川長官和安原事務次官也因出席北海道國家公園的紀念典禮，當前並不在東京。

留在局內的最高負責人山內，一整天為了與其他省廳、熊本縣、北海道的北川聯絡，忙得團團轉。

預定下午三點舉行的記者會，到了晚上六點後終於召開。

出席記者會的是山內。

「我沒有料到竟然還會寫成文書。」

山內直接表達驚訝後，慎重說出正面的發言。

「我能感受到裁判所想要和解的強烈意志。我希望能在充分檢討勸告的宗旨後，和其他省廳協議，以決定是否進行和解交涉。」

北川石松環境廳長官在北海道聽聞和解勸告的報告，說出接受和解勸告的發言。

「勸告是時代的守護神，我想給予回應。」

第二十四任環境廳長官北川石松，生長在貧窮的家庭，是從大阪市議會經歷過府議才進入政界的辛苦人。在自民黨內，他隸屬於三木派流派的少數派。北川和過去採取消極主義的長官不同，即便和通產省對立，也整合出了「防止地球暖化行動計劃」，針對長良川河口堰問題，也跨越了派閥的現狀，對建設省提出中止的意見等，從一九九〇年二月就任長官到現在都一直受到矚目。部分媒體和自民黨主流派批判他，只是為了博取人氣的作秀，但他確實是許久未出現的行動派長官。這段接受水俁病和解勸告的發言，也可以說是符合北川石松風格的言行舉止。

感到訝異的是山內等環境廳幕僚的人。環境廳針對水俁病訴訟早被統整了見解，認為國家已採取充分方案，對受害者也沒有賠償責任。山內在記者會上所說的「和其他省廳協議……」，可以說是環境廳拼了命的發言。

一九八七年三月三十日，熊本地方裁判所針對水俁病訴訟一案，下達原告受害者全面勝訴的判決，承認國家的行政責任：「國家與熊本縣已預見 CHISSO 水俁工廠排出的甲基水銀會對人體造成傷害，明明有義務停止排放工廠廢水及規範水質等防止作為，卻怠慢了政策。應負國家賠償法上的責任。」全國六處抗爭水俁病訴訟的原告總數約有兩千人，請求總額約為三百六十億日圓。假設負責的比例為 CHISSO 六、國家三、熊本縣一的話，國家的負擔金額就有一百億日圓左右。只要各省廳合作，這絕對不是付不出來的金額。然而，國家無法接受這項判決。這回的東京訴訟，國家的態度極為強硬，希望能從熊本地方裁判所的判決中挽回頹勢。國家拚命想要贏得對國家方有利的判決，將主導權從受害者身上取回。

因此，面對北川這番「想要回應和解」的發言，以廳內人士的角度來看，可以說是沒有考慮到訴訟責任方，也就是環境廳抱持的態勢與立場，讓人相當困擾。

不出所料，北川被幕僚說服，翻轉了前言，於後續發表了「無法接受和解」。

北川撤回發言的背後，很有可能承受了自民黨的壓力。

政府與自民黨，對北川在長良川河口堰問題和水俁病訴訟中，不斷提出保護自然立場和親受害者方的發言，感到很不愉快。根據後來北川所述，金丸信曾因長良川問題直接打電話聯繫北川，施加壓力：「身為大臣，卻反對內閣會議決定的建設堰一案，成何體統」。

自民黨表面上透過設置於環境部會中的水俁問題小委員會，對拒絕和解的環境廳提出非議。然而，很難想像那會是自民黨幹部的真心話。其背後和長良川問題相同，就算多少攙雜了屢次對北川和環境廳的攻擊，都一點也不奇怪。

十月一日，晚上七點過後，山內於環境廳再度召開記者會，表明拒絕和解勸告的態度。

「在現階段我們很難因應和解勸告，針對結審的七十五名原告，我們期待盡可能快速有判決結果。」

說完，他接著表述拒絕理由。

「對於國家的責任與水俁病究竟為何種病狀的論點，我方與原告方的主張有強烈隔閡，故而現階段還沒有整合好能夠和解的條件。」

山內在二十八日收到勸告之後，反覆和厚生、通產、農林水產省等各省協議，但對方皆提出「自己沒有直接責任」，每個省廳都不想面對和解。

報紙上，陸續出現「懷疑作為人的良知」、「是在等待死亡嗎」等批判環境廳和國家的標題。

只是，環境廳並非基於作為人的良知，才拒絕和解。他們不是以身為人而判斷，是與良心和良知切割開來拒絕的。假使這部分有不得不懷疑之處，那也是行政上的職業見解，絕非行政負責人，也就是一名官僚身為人類的良知。然而，山內和橋本道夫不同，他無法認為這些批判只是針對身為職業人士的自己，並非針對個人的良心，因而沒能切割開來。山內獨自陷入苦惱。

面對「和解勸告」，山內的真心話究竟是什麼？就他的個性與人格來看，他鐵定比其他人還更加理解受害者的痛苦。他個人的意見是想要救贖大家，一點也不奇怪，許多熟知他的人都這麼認為。然而，卻有證言說他本身也是不贊成「和解勸告」。只是，山內在這背後的真意，決然不同於國家拒絕救濟受害者不接受勸告的原因。司法不承認國家負加害者的責任，放棄判斷而提出和解的這項灰色勸告，不就是怠慢嗎？不會太不負責任了嗎？明明很清楚受害者期望能盡早救濟，作為負責行政的人員以及一個人類，山內無法原諒司法的態度——我們可以這樣推測。

身為人類的想法，以及身為環境廳官僚的見解、司法的判斷，都在他心中錯綜複雜地存在著，相互牴觸。然而，他徹底貫徹了身為官員的立場，連對親密的友人都沒有吐露過一句真心話。苦惱失去了宣泄的出口，傷害他的內心。這份苦惱讓他無法直率地行動與發言，人們也就不認為這是他身為人類的溫柔，而是身為官僚的無能。

十月四日和十二日，熊本地方裁判所與福岡高等裁判所相繼提出相同的和解勸告。如果是很得要領又不厚道者，也就是越像官僚的官僚，就會因為這是同樣宗旨的和解勸告，而去告知記者團的夥伴，說環境廳的見解和之前並沒有不同，就此帶過。沒想到，山內面對這項勸告，忠誠地在媒體面前表明拒絕和解。那模樣，看起來就像自己暴露在因不被接受和解而痛苦的受害者面前，接受嚴厲的批判以祈求原諒。

十月二十九日，第十二回水俁病相關關係閣僚會議召開，討論對於和解勸告的處理。

結果，國家到頭來還是拒絕「和解勸告」，決定期望法律的裁決，並發表了以下的國家統一見解。

「原告方主張，管轄行政廳因怠慢行使適當的規制權限，導致國家在國家賠償法上有賠償責任，然而以國家立場來說，當時缺乏規制權限的法律根據，也不清楚水俁病原因物質為何的情況下，已經以行政指導為中心盡力處理，因此對於水俁病的發生和防止擴大一事不具賠償責任。」

然而，國家真有「以行政指導為中心盡力處理」嗎？

再者，國家究竟是何時「原因物質不明」呢？

從歷史的事實來看，國家不就是以通產省為首，為隱瞞已經明確的原因物質而奔走，意圖掩滅有機汞之說嗎？為此還動用了御用學者，在媒體上大幅報導非水銀言論，「盡力處理」不是嗎？關於這點，國家有的並非行政指導怠慢這種消極的責任，而是為經濟成長對水俁病的發生視而不見，導致災害擴大這等積極的、犯罪性的責任不是嗎？

至少，當時厚生省有目睹探究水俁病原因過程的人，就理解當時的通產省和經濟企劃廳做了什麼，而厚生省又無法做什麼。有過公害課課長助理經驗的山內，也能說是其中一人吧。

此時，山內很罕見地對知子抱怨自己工作不順利。知子詢問是否和受害者之間的交涉不順利，山內回應：「難辨的並非外部，而是內部啊。」

光這樣一句話，知子並不了解詳情，而山內也沒有想再往下說的意思。

十一月一日，「水俁病問題盡早解決期望會」的受害者到環境廳拜訪北川長官，直接陳情，要求盡早解決。

於是，北川對受害者說：「我知道你們很辛苦，但現階段，行政方無法改變等待判決的態度。」

在那場談判上，「期望會」的委員長川本輝夫對北川說：「長官，不需要什麼伴手禮（此處意指解決政策），請你來水俁一趟吧。」川本的這句話，後來就成了北川前往水俁視察的契機。

二十分鐘左右後，北川退席，山內面對受害者說明拒絕和解勸告的內容。

「我們還是想要等到東京地方裁判所的最終判決，和我方的主張相互對照後，再判斷日後的處理。」

對此，「期望會」的成員們提出嚴厲批判。

「如果不抱持解決的態度接受勸告，就不知道要花多少年了。」

「在三權分立之中，無視司法勸告，行政也太傲慢了。」

「事到如今，你們還打算說國家沒有責任嗎？」

「國家的態度，我只覺得是在放任我們去死而已。」

陳情結束，川本輝夫正準備離去，山內追了上來，叫住他。

「川本先生，請你理解。」

山內說著，低下了頭。

十一月二日，參議院環境特別委員會於上午十點三十分召開，環境廳有北川長官和森官房長、山內等七人出席。委員會上，詢問集中在上個月二十九日提出的水俁病訴訟之「國家見解」。

質詢者（篠崎年子）　接著，我想進入責任論的問題，先前的談話中，國家的見解是，在這種情況下，國家的責任與努力提升國民福祉的國家行政責任本質不同，也沒有規制權限的根據，認為在此事上並沒有賠償責任，您認為這真的能夠取得原告方的諒解嗎？

政府委員（山內豐德）　剛才您閱讀的部分，是國家立場為了盡可能讓大家理解在這次訴訟中爭論的國家責任究竟為何的文章。因此，如果說是一般的國家責任，也有人認為國家這一詞不只是單純的國家賠償責任，還包括促進各種行政的政策責任，該見解是盡可能淺顯易懂地說明，在此次訴訟中所議論的，並非努力提升國民福祉這種本質上的行政責任，而是國家賠償法上的賠償、支付金錢等法律責任。我等是希望能盡可能讓更多人理解，才提出這項見解。

（中略）

質詢者（清水澄子） 我在說的是，例如，熊本縣所設置的水俁病政策聯絡會，在昭和三十二年（一九五七年），也就是水俁病發生的隔年，就因應食品衛生法四條二號，認為水俁灣中的魚貝類體內含有毒暨有害物質，或附著在魚貝類身上，提出了禁止捕獲魚貝類和販賣的行為，對此，厚生省卻不承認該地區所有魚貝類都有毒的明確證據。

（中略）

如果那時候國家果斷實施這回所提到的法律措施，不就更能阻止像今天這樣的受害事件了嗎？關於這點，您怎麼看？

政府委員（野村瞭厚生省生活衛生局食品保健課長） 由我來回答。關於如果那時候採取類似措施，是否災害就不會如此擴大一事，從現階段回顧當時的狀況或許大家會這麼覺得，以當時的狀況來看說不定也有人這麼想，但正是因為當時的狀況，沒有辦法設想這樣的事態不是嗎？

質詢者（清水澄子） 您想要闡述得更有人性是吧。大家的表情都扭曲起來了喔。那是因為，大家都了解如果真是如此就好，以及當時無法這麼做的背離感。我也是。然而，在此，我還是希望能得到更有人性的答案——如果有確實處理就好了。

（中略）

我聽聞長官到現在還沒去過水俣，我建議請您務必造訪當地，再度調查水俣病的發生、擴大，與救濟的決定性延遲狀況。再者，我也期望您能夠直接與被害者和當地居民會面，即便立場艱難，也要直接傾聽，並從中下達能夠盡早解決的判斷。請長官務必前往當地，我想要聽到一個答案。

政府委員（北川石松）　關於清水委員提到要去水俣地區、去當地的建言，我個人的心情也是非常想去，更認為非去不可。昨日我已與和水俣相關的各方代表會面，也有收到前往水俣一趟的要求，我認為應該盡早決定時機，安排時程。

聽到這項發言，包括安原次官和山內的幕僚都慌了起來。幕僚認為，環境廳長官還沒有任何新的政策和救濟方案，去了水俣會很麻煩。當地視察可不僅僅只有視察，還要帶著具體的救濟政策，也就是所謂的「伴手禮」前往，這個大前提當地單位和環境廳單位都理解。職員想要說服北川，撤回當地視察的發言。

「我會去探望。不能因為拿不出伴手禮，就十幾年來都不去。」

北川說著，執意前往視察。

熊本縣知事細川護熙的舉動，也影響到北川的發言。細川曾說，當熊本縣和CHISSO打算坐上和解台時，就只有國家拒絕，成何體統，此外，他也考慮要歸還代替國家進行受害者認定的業務。其次，他更逼迫北川，說再這樣下去，縣就要取消發行代替CHISSO補償金而支付給受害者的「縣債」。北川想到自己等人的立場，認為不能只有拒絕和解，還必須展現積極的態度。結果，他選擇的方式，即是在熊本縣的強烈要求下，時隔十一年以環境廳長官身分前往水俣當地視察。

在國會談論水俣訴訟問題與北川現場視察的十一月，山內和福岡春吉小學時代的同班同學在赤坂見了面。現下正在四國工業照片股份有限公司擔任社長的森部正義，因工作關係來到久違的東京，問說要不要見面。成員，有森部夫妻、石井洋子、藤木淳次、戶倉鐵良，以及山內。

石井洋子為小學時代，山內擔任班長時，由她搭檔副班長夥伴，可以說是山內少數比較能輕鬆暢談的同班同學。對向來認真、拚命工作的山內，石井反覆說著：

「稍微喘口氣，去玩玩吧。」

五年多前，石井曾在小學畢業後時隔多年與山內見面，約在銀座和光巷弄內的咖啡廳「雷諾瓦」。石井依照約定時間到達，山內已經來了。他的工作比較早結束，一個小時前就來了，正在看書。山內邀請前來赴約的石井，「要不要去美術館？」

石井相當驚訝。她沒有想到快要五十歲的男人，竟會邀請許久不見的小學同學去美術館。

「機會難得，就去個更平易近人的地方吧。」

石井邀山內去附近的烤雞肉串店。店裡很熱鬧，客人也很喧嘩，山內開心地看著這樣的歡騰。

小學時代，曾對山內在文學方面有所影響的森部，在小學畢業後就轉學四國，母親也過世了。背負同樣遭遇的山內與森部在那之後有通信一陣子，並互贈文章練習與詩創作，像這樣會面則是最近的事情。

山內說工作很忙，不知道能不能前來，不過最後他還是依約來到集合的赤坂。

「我本以為今天會因為工作沒辦法來，真是太好了。」

據說，他講了好幾次這句話。

大家聊著以前的事，氣氛高漲，不料話題突然轉到了水俁病的事情。

「嗯，真的很辛苦。」

山內只說了這句話，接著就不太想聊了。

「可不能外遇啊，男人。」

回家時，石井用博多腔嘲弄了一下山內。

「你也差不多該有個隱居之處了吧……如果工作晚了沒辦法回家，怎麼辦？」

石井問著，山內從口袋拿出一雙襪子給石井看，笑著說：

「只要有這個就沒問題。」

聽到他工作晚了會睡在辦公室的沙發，不然就是東京都內的商務旅館時，石井勸戒山內：

「這工作還是辭了吧。回福岡當個知事怎麼樣？」

其他朋友也勸山內當政治家。山內沒有肯定也沒有否定。

（這也未必不好吧……）

石井當時似乎是這麼想的。

在相親後，他曾在交給知子的自我介紹上寫下「如果進了政治界……」等語，但那時山內完全沒有打入政治界的野心。據說，從公家機關退休後，他想要在某間大學裡當講師授課，教授福祉，繼續自行研究。

山內非常清楚，只要踏入政治界，就不得不沾染比過去更多的工作交涉、應酬、分辨真話假話這種自己最不擅長的事情。或許年過五十，山內也開始意識到自己的氣量了。對於福祉和環境的深刻理解，他自負不會輸給任何人。然而他認為，比起努力結合這些見識與改革行政等實務，將自己置身於大自然之中思索，加深洞察，並以文章記錄下來，會比較適合自己。山內對於自己的處境是這麼想的。被稱為career組的高級官僚在經過三十年後，回歸面對橘子箱和原稿紙的文學青年。

在山內留下來的紙條中，曾有篇以「厚生省OB大學教員名冊（社會科學系）」為名的紀錄，明載著多達二十人在省內的最終職位和大學名稱。他也曾對親密的朋友說過：「我是不是不適合當官員呢……我想回到福岡當大學老師啊。」時常處理當前問題的官僚，是否開始計算起剩下的工作年數，以及自己人生的長短呢？

十一月底的某個星期天，山內造訪了安原事務次官的家。目的是討論救濟政策。夜深後，回到家的山內對知子說了「對方請我吃雞肉火鍋……」，並悄悄吐出一句：

「會不會造成麻煩了呢……」

知子當時以為他是因星期日到對方家打擾才這麼說，事實上，那句麻煩的背後隱藏著很大的意義。

十一月二十七日。北川還沒決定好水俁視察的具體時程，而眼看十一月就快要結束了。北川心想，必須得趕在十二月國會開始之前結束視察才行，因而焦慮起來，也沒有商量，就說了「下個禮拜會去探訪」。

山內等幕僚在極度焦急之下，調整了行程。

十一月三十日，北川的水俁視察決定訂在十二月五日、六日。

十二月一日，熊本的地方報紙上刊載了「受害者之會」事務局長的談話內容。

「既然要來，就應該具體向被害者說明官方如何思考和解勸告、為何拒絕，以及今後要怎麼樣解決水俁問題。」

看見北川長官水俁視察的報導，知子向丈夫詢問：

「你也要去水俁嗎？」

「嗯……」

他很痛苦地點頭後，沉默了。

那陣子，山內因為連續熬夜好幾天又住外面，有向知子表示身體不適。

「這陣子我的大便裡混有血。」

「我會心悸。」

他不安地向知子透露。感到丈夫的疲勞已經到達極限的知子，問了句：「做到這個程度，是真必須賭上性命的工作嗎？」

山內回說：「受害者說，自己是賭上性命的啊。」

某天晚上，知子突然半夜睜開眼，察覺廚房裡有人。她不放心，去看了看，發現是丈夫。丈夫在餐桌旁的書架前打開了聖經。

「怎麼了……」

知子問，丈夫回答：

「嗯……『趁著年幼記念造你的主』寫了什麼呢……」

據說山內很喜歡聖經中的這個小節，還用紅色鉛筆畫線，半夜突然很在意，就從二樓下來看了。

「是《傳道書》的第十二章喔。」

說著，知子把那部分翻開給他看。

你趁著年幼、衰敗的日子尚未來到，就是你所說，我毫無喜樂的那些年日未曾臨近之先，當記念造你的主。不要等到日頭、光明、月亮、星宿變為黑暗，雨後雲彩反回。

「這部分的白話翻譯和文言翻譯差很多呢。」知子說著，把兩本聖經比較給丈夫看。

丈夫靜靜地聽著知子的說明。

這部分的白話翻譯如下。

趁你年輕的時候，記念你的造物主吧。在災厄之日尚未來臨之際，以及訴說著「毫無任何喜悅」的歲月接近之前。太陽、光明、月亮與星星轉為暗沉，在雨後或雲彩遮蔽之前。

持續外宿的十二月初某個早晨，環境廳的某位職員上班時，發現地下一樓商店的自動販賣機前，呆站著一位穿著駱駝襯衫的男子。那是山內。

據說他工作到深夜，在二十一樓的局長室沙發上小睡後過來的。進入十二月以來，他一直過著這樣的日子。

三日晚上，廳內針對兩天後的長官水俁視察，進行最後會議，北川、安原、山內與森等廳內幹部全員出席。會議結束後，山內留下辭職的紙條，隔天，他大概是在一夜未睡的情況下，打了電話回家。

十二月四日早上九點，山內究竟從哪裡打電話回家，至今依然不明。只是三日晚上，他也沒有住旅館的跡象。推測他在廳內一直待到早上，在離開環境廳後才打電話，應該比較可能。

決定要「失蹤」的山內到頭來去了哪裡呢？兩個半小時後，山內從東神奈川站打了第二通電話回家。在這兩個半小時之間，山內去了哪裡、看了什麼、與誰會面、在想什麼，以及為何決定中止失蹤，回到家裡？長女知香子任職的公司就在東神奈川附近。不過，他也沒有去見女兒。

還能考慮的一點，就是羽田機場。如果要失蹤，搭飛機前往故鄉福岡也不會太過奇怪。然而，他終究還是打消念頭。阻止他失蹤的究竟是什麼呢？

從東神奈川站打電話回家後，山內搭乘橫濱線，抵達町田站。他從町田搭上巴士，於中午十二點在藥師台站下車，平時他總是很晚才會回到這裡。從巴士站到家裡的五分鐘路程中，山內看到了什麼？

在開頭第一章提到的隨筆《親近那片忘卻的土地》裡頭，山內如是說了。

搬到町田即將邁入第三年，但對於早上與返家時通勤各兩個小時的擁擠程度，我依然無法斷言我已經完全習慣。然而，在車站等一會兒公車才能回到家的疲憊，也會在我於家裡附近的公車站牌下車，並走了幾分鐘夜路的過程中逐漸消失，就彷佛良藥一般。

這條夜路上，四季充滿不同的草木及土壤香味。那甚至讓我感受到遙遠過去的祖父鼻息，回想起少年時期安閒的記憶，療癒通勤回家的身心。

然而，那天，冬日的草木與土壤香味並沒有療癒山內的身心疲憊。

過了十二點，山內在身心俱疲之下打開自家大門。

第十章　結論

十二月五日上午七點。

配合長女的上班時間，丈夫從二樓下來了。他目送準備好要出門的女兒，說：

「真辛苦啊……」

在知子眼中看來，丈夫比昨天冷靜多了。

上午八點。

到了知子帶五郎散步的時間。她照著平常時間出門，將近九點時回來。

丈夫穿著之前同樣的睡衣加了睡袍，坐在餐桌旁。他似乎在等待知子回來。

「妳回來啦。」

他對知子說著。

「要吃飯嗎？」

「不，現在不要。」

「得吃點什麼才行啊。」

知子說著。總之就先做了湯。丈夫喝了一點點。

他似乎沒打算換下睡衣，因此知子心想：

（昨天他說要從公家機關辭職，今天沒去也無所謂吧。看來應該可以稍微休養一下了。）

丈夫喝完湯，囁嚅著：

「我要睡到中午……然後打電話給辦公室……之後就去上班喔。」

這番話完全感受不到霸氣。丈夫說完了這些，就有氣無力地站起來，打算走過知子身邊。

知子對那毫無精力的樣子感到不安，站起來抱住丈夫，在他耳邊低語：

「我們再一起努力吧。」

丈夫彷彿說了「嗯」一般點點頭，但是最終仍無任何言語。

丈夫上了樓梯，進到房間。

九點了。

丈夫上二樓後，玄關的電鈴馬上響起。

在庭院掃櫻花落葉的知子看看玄關，發現有個送貨人抱著花束。

寄件人寫著吹田愰。吹田擔任眾議院的環境委員長，和丈夫有些交情。

（一定是因為丈夫沒有一起去水俁而在家養病，對方才送花來慰問吧。）

她有一瞬間猶豫著要不要轉達丈夫，但想想丈夫在睡覺，就作罷了。

知子像平常那樣整理家務，洗衣服。

美香子好像起床了，在自己房間念書。

知子總是會把洗好的衣物放到二樓的陽台曬，但必須經過丈夫的房間才能去陽台。

（今天就安安靜靜的，即便只多一分鐘也好，讓他多睡一會吧。）

知子想著，把曬衣服一事往後延遲，先把洗好的衣物塞到籃子裡，放在樓梯下方。

過了十二點，丈夫依然沒起床。他是個絕對遵守約定時間的人，知子覺得有些奇怪，但還是想：

（只有今天這樣也沒什麼不好吧。就當作是我的任性，原諒我吧。）

她不打算叫他起床。

（再一下下，再一下下，把過去的量也休息個夠吧。）

到了下午兩點。

丈夫還沒下來。

知子很擔心，便上了樓。她打開二樓房間的門。

知子發現了丈夫詭異的狀態。

「這就是他得出的結論嗎？」

知子那莫名冷靜的腦中，瞬間冒出了這個想法。只是，這冷靜也只有一瞬間，下個瞬間，知子大叫起來。

被嚇到的美香子從房間跑了過來。

丈夫已呈現死後僵硬了。

知子努力想要把他弄下來，卻因為太重而動不了。沒辦法，她只好走下樓，聯絡警察與環境廳。

「我是山內的妻子，我老公過世了。」

「咦……」

接電話的環境廳女同事這樣說著，好一陣子說不出話來。

「我是山內的妻子，我老公過世了。」

知子又重複了一遍。

她回到二樓。

丈夫準備去水俁的黑色公事包就和昨天一樣，放在房間門口。

桌上有兩張名片，以背面排列著。用羅馬字印刷的海外出差名片上，留下黑色原子筆寫的潦草內容。

知子　　謝謝
知香子
美香子　做了這種事，對不起

安原次官　我實在不知道要如何道歉
森官房長　我也給大家添了許多麻煩

町田署的警察與醫生馬上趕到了。有三名環境廳的男同事也趕過來。

知子想說也有署名給次官的遺書，得告訴公家才行，就說了：「他留下這樣的東西。」並交給企劃調整課的M。M看著那些潦草的字，流下淚來。

和警察一同前來的醫師進行了死亡診斷。

死亡種類	外在因素　自殺
死亡原因	
直接死因	典型自縊
原因	不詳
其他身體狀況	有抱怨因過勞而身體不適
方法及狀況	將電線綁兩圈在位於壁櫥櫥櫃上方的天花板梁柱上，做出一個環，站上約四十三公分的椅子上，面向壁櫥的方向上吊死亡
推定時間	推測為上午十點

死亡診斷書是這樣寫的。

第十一章　忘卻

十二月五日上午十點。

載著北川長官、其他十九名水俁視察團與媒體相關人員的日本航空三九三號班機，準備降落於鹿兒島機場。

《朝日新聞》環境廳記者團的T也為一同取材而上了飛機。

十點過後，抵達機場的北川趕著前往水俁灣填海地區，視察因處理水銀汙泥事業而產生的同灣填海地。午餐過後的下午一點五十分，北川造訪水俁病患者專用設施「明水園」，在森山弘之園長的陪同下，與先天性患者會面。北川一邊撫摸著患者的手腕一邊泛出眼淚，不斷說著「保重、保重」。患者強抓著北川的上衣，扯著領帶，無言地控訴。

北川隨即前往水俁市的「勤勞青少年之家」，裡頭有兩百名「水俁病受害者會」的成員在等待北川，齊聲訴求「國家坐上和解之位」。

受害者團體的代表把受災實情告訴視察團，陳情要盡早救濟。

「我對水俁病問題有了新的認識。我想要積極處理。」

面對受害者的心聲，北川如是說了。隔天當地報紙上如此記載。結束了僅僅五個小時的快速視察，北川在下午三點召開記者會。一同參與半天視察的T記者也在會場，記錄了北川的記者會。

記者會途中，縣廳的職員向森官房長悄聲說了些什麼，森馬上在北川耳邊低語。T記者當時並不覺得有何特別奇怪的地方，不過回想起來，應該就是東京來報告山內局長自殺的瞬間吧。

北川被記者質問水俣問題的具體政策，他回應：

「我感到非常悽慘，胸口很悲痛。我會帶回受害者的心聲努力下去，我也認為要想辦法彌補才行。但是，現在我極度感慨，無法在此說出具體的方案。」

T記者一面記筆記，一面心想極度感慨這話還真奇怪，不過那人本來就常常說些奇怪的話，認為這是在與受害者直接見面後，很像他會有的獨特表現方式。

記者會結束後，視察團一行搭巴士前往熊本。北川預定於晚上七點在熊本和細川知事會談，於七點三十分召開單獨記者會。

在移動的小巴中，山內局長似乎自殺了的情報在記者之間傳開來。正式發布消息，則是在抵達熊本之後。

T記者取消了所有預定行程，從熊本回到東京。

十二月五日各報紙晚刊和六日早刊社會版，出現了大大的標題——「環境廳局長自殺」。

報紙上可見「文人負責吃虧的差事」、「因拒絕和解成為眾矢之的」等詞語，並說是因為和大藏省、通產省之間交涉不順利，無法接受和解勸告而痛苦。

然而，為何山內局長自殺之前，都沒有任何人提起這些事情呢？報紙上寫了「眾矢之的」，然而代表輿論進行批判的究竟是誰？幾乎沒有媒體批判環境廳無法接受和解的政治背景。負責官員死後，就算社會版面頭條寫著他是因為苦於夾在中間，事態也不會有任何改變。假使山內沒有自殺，這個問題會不會就只是在環境廳被當壞人之下結束？

接著，媒體完全沒有反省，從守夜那一晚就開始湧往山內自宅。電視台拿著大大的照明照向屋內，攝影師也開啟了閃光燈。記者按門鈴叫家人出來，問著「今天的心情怎麼樣」。

守夜那晚，政界送來許多花束。進了玄關，左側的和室裡設有祭壇，並掛上山內的照片。照片中山內的頭果然還是微微向右傾。

應付著守夜的客人，想要藉由忙碌保持平靜的知子，被媒體毫不客氣地直擊。當晚就有大型報社兩度打電話來，要她闡述自己的心情。知子一概不予回應。

北川石松等政官界的慰問慌慌忙忙地結束，家中總算恢復了平靜，媒體攻勢看來也告一段落了。老友們在放有祭壇的和室裡圍著山內的遺體，開始說起過去的回憶。知子也坐在那兒，聽他們說話。被這般平和的氣氛包圍，知子也跟著吐露和丈夫之間的事。

丈夫打算上二樓時，為什麼我會說出「加油」這種話呢……為什麼我沒有對他說一句「請好好休息」呢……我對此感到非常遺憾。那個人明明為了我們家拚命，一句話也不說地努力著……對這樣的丈夫，我的最後一句話竟然是請他加油……

知子這樣片片段段的闡述自己的追悔。

知子的話就這樣刊載在某週刊雜誌上。報導的標題，寫了「本雜誌獨家　被遺留下來的夫人告白」。記者貌似穿著喪服，假裝山內的友人混入了那場守夜的聚會。那篇未署名的「獨家告白」報導後，還引介了友人伊藤正孝在告別式悼念文中提到的《遙遠的窗戶》一詩，偽善地以「為山內氏祈冥福」總結。媒體對自殺後的山內之寬容，簡直翻臉像翻書，極盡同情的語彙。

認真又為家人著想的文人

擁有文青之心的官僚自殺　因溫柔才痛苦

太過溫柔的男人

沒能徹底成為官僚的水俣病負責局長之死

他是個會注意到小細節，非常周到且溫柔的人，想必一定是太累了。我們都很忙，最近沒能見到面。山內局長除了本局的工作以外，也負責水俣、地球環境等繁忙工作。就算把水俣問題與局長的自殺牽扯在一起，進行一大堆推測也沒意義。畢竟真正的狀況連夫人也不曉得吧。我們官員總是被夾在中間。

加藤三郎　環境廳企劃調整局地球環境部長

對於這突然的訃報，我真不敢相信。上個月七日，我們同期一起吃午餐的時候，他和平常一樣很有精神。他是同期會的萬年幹事，是個很體貼的男人，也是很認真的人。他非常熱愛學習，會寫書，年輕時還寫過小說，是個很浪漫的人。

黑木武弘　厚生省保險局長

環境廳事務次官安原正在記者會上做了以下敘述：

身為企劃調整局長，他最近每天都過得很忙碌，一直都是工作到很晚的狀態。局長家在町田那邊，要從町田搭巴士通勤，工作晚歸巴士也沒了，太晚的話他通常會住在旅館，直接從旅館上班。

不僅僅是安原，環境廳內部的人也認為山內自殺的原因除了水俁病問題外，還加上種種繁重的業務，導致他因過勞而引發自殺。至少，從他們的談話中，可以聽出他們意圖讓周遭人士這樣認為。

確實，他很疲累。他鐵定因為長年處理福祉與環境問題，肉體和精神上都已筋疲力盡。地球暖化、石垣島白保的機場建設、長良川河口堰……問題堆積如山。然而，他們惋惜的言詞，卻似乎是想透過列舉這些大量的問題，以隱藏事件的實情。

環境廳只說了遺書是留給家人的，隱藏了寫有安原、森的名字的遺書存在。

前面提到的T記者對此，如是說明：

「我可以想出很多理由，或許他們覺得這般潦草的字跡稱不上遺書，若產生誤解會很困擾。如果有遺書，就會變成他有自殺的覺悟。這樣一來，就無法認定是職業災害，也很難敘位、敘勳。他們是否認為，為了他本人以及遺族，突發性錯亂而選擇死亡會比較好呢？」

T記者接著又提出了另一個可能。

「水俁的負責長官留下對次官的道歉後自殺，也會導致人們對環境廳的批判更加嚴厲，可能連廳內的糾紛都會被挖出來批判。或許他們是考慮到這點，才加以掩蓋。」

究竟是急忙趕到的環境廳官員在知子說了「他留下這樣的東西」後，看到遺書流下淚，下一個瞬間因為某個理由而想要掩蓋呢？還是身為一個人類，同情山內個人和被留下來的家人呢？抑或是身為一名官僚，擔心公開後環境廳的立場？

還有一個疑問。

寫給安原次官的話——「我實在不知道要如何道歉」。這個道歉，究竟代表什麼意義？

安原說他不懂這封遺書的意思。

「講到這道歉，以及寫給森小姐那困擾一詞的意義，我要說公家機關的組織真的不是那麼好搞的。特別是山內先生在良心上因福祉行政相當煩惱，我認為就是這位很有良心的人，在生硬理論橫行的公家世界裡到處碰壁而痛苦。如果展現出人類的良心，在公家機關就會被擊潰。要貫徹國家的理論，必須保持某種程度的冷淡才行。這世界就是這種人才能生存下來。環境廳也一樣，儘管如此，山內還是很煩惱。他就身為人類不斷思考，苦惱著能不能想辦法、究竟有什麼困難。」

T記者是這樣看待山內的。

山內在煩惱著有沒有辦法能夠救濟受害者的最後，想到可以適用於公害健康被害補償制度，並去各個省廳聽取可能性的見解。十一月底，山內造訪安原的自宅，據說也是為了商量此事。然而，對安原來說，山內想要找出救濟政策的這個行動就是個困擾吧。

「安原大概是認為，山內在做的都是些可以用法律、前例與判例果斷進行即可的事，卻不知道在磨磨蹭蹭什麼，讓人很不耐吧。或許面對這樣的安原，山內為當部下的自己深感能力不足，才在名片背後寫下道歉的話語。

本來，這回的視察就是在十一月一日北川與川本溝通之下急忙決定的。北川在自民黨中也不屬於保守本流派，他並不了解官員的理論。他認為『我就想去，有什麼不可以』。我覺得政治家這樣的態度是正確的。然而作為官員，就必須創造出這項伴手禮才行。以幕僚來說，這種想法很正常。在山內以下的幕僚引起大騷動，認為再怎麼樣都必須背負這個重擔才行。

大藏省與其他省廳也說，雖可以想像他們欲將救濟這些灰色地帶受害者當作是伴手禮，但既然開啟審判，就無法這麼做。山內遊走於各個省廳之間，卻什麼伴手禮都沒能準備，一直到了十二月三日。就是這麼回事。」

T記者如此說明事情狀況。

有週刊雜誌推測，在十二月三日晚上的會議，北川斥責了沒能準備好伴手禮的山內，也說了他不去水俁也無所謂。北川對此表示否認。那場會議中具體討論了些什麼，依然不明。然而，唯一可以確定的，就是無論討論多久，北川除了前往現場以外，並不會有當地視察的收穫和救濟政策。

結果，他們沒有任何具體的對應方式。這件事情誰都曉得。就連前往水俁的北川以及接受方的熊本縣，也應該知曉這件事。

在山內留下來的文件中，有一張傳真原稿。

發信方為「熊本縣公害部公害政策課」，日期寫著「九〇年十二月三日十八點三十八分」，是視察的兩天前，由熊本縣公害政策課傳來環境廳。標題上寫著「知事記者會發言用」（平成二年〔一九九〇年〕十二月五日，北川環境廳長官來熊本期間）（案）。

問　關於保健福祉政策，您們談論了些什麼呢？

本縣針對對健康有所不安的人們，到目前為止也有實施特別醫療事務等措施，但對那些因為並非水俁病而被駁回認定申請，卻由於對健康有所不安而提起訴訟，以及反覆申請認定者，為了盡早解決水俁問題，過去只要有機會，我們也會向國家（與縣議會一體的請願、陳情等）提出必須要有更多保健福祉政策的要求。

今天，我們針對此事再度向長官提出申請。

與北川長官真誠交換意見的結果，對於該措施的重要性，我們已達成了一致意見。此外，我們期望從下年度開始，也可以對採取新政策一事有所共識。

關於具體的內容，今後將會由國家與縣負責人得出結論。

這是細川護熙在結束與北川會談後的意見原稿。

在實際談話之前，為了能夠真誠交換看起來像「意見一致的意見」，北川引起了大騷動，執意要去水俁。

於是，北川以環境廳長官的身分，創造出時隔十一年造訪水俁的實績，留下了以細川知事為首的熊本縣一方讓他前去視察的成果，卻沒有產生任何針對受害者的具體政策，而這段期間，一名環境廳官僚死亡了。

沒有具體的救濟政策，讓長官前去水俁是很危險的。環境廳的幕僚如此認為。假使看重人情的北川在受害者面前不自覺說出「要救濟」的話，環境廳就會自動偏離已經有共識的「國家見解」。有什麼方法讓北川不要去水俁？山內高中時代的朋友，也就是《朝日新聞》編輯委員伊藤正孝指出，事實上，環境廳的真心話與山內所謂的「道歉」是有所關聯的。伊藤以一名記者的身分，探討這個事件。

「要如何解釋道歉這個詞？最直接的解釋，就是他被安原次官命令了什麼事。然而，他最終沒能做到。因此才以死亡謝罪。

若與水俁病訴訟連結起來，最能想像得到的就是，北川環境廳長官想要與受害者對話。有沒有什麼辦法處理？即便沒有到妨礙的程度，也得想辦法阻止這場對話吧。」

事實上，北川在十一月六、七日這兩天，原本預定出席日內瓦的第二回世界氣候會議，但受到國聯平和協力法案的國會審議影響，放棄了此動議。廳內幕僚欲想辦法將北川送往海外，讓北川無法安排水俣視察，讓北川妥協。

假使把十二月十日國會之前的行程排滿，或許在那之前輿論對於拒絕和解的批判也會緩和下來吧。

幕僚制定了讓北川訪問英美兩國，協議日後預防地球暖化政策等計劃，調整日程。沒想到十一月二十八日，英國的邱吉爾首相突然辭職，將北川送往英國的計劃終沒能實現。

「這些計劃全都失敗，北川先生自行決定前往水俣，所以他們才做了各式各樣的嘗試。嘗試這些的是幕僚沒錯，不過山內也是其中一員吧？這些全都失敗了，因此才要負起責任。

我是這麼解釋的啦。」

伊藤如是說了。

山內沒能阻止北川前往水俁視察。我們不得不否認在十二月三日晚上北川從會議離席後，安原因此事斥責山內的可能性。假使幕僚的第一局長一同出席，而重人情的北川不小心在受害者面前說「要救濟」，那就很容易被理解成是環境廳的官方發言了。也有可能是因為這樣，安原才對山內說「你別去」。然而說到底，這也只是推測而已。

伊藤於十二月八日，在中野區寶仙寺的告別式上，以友人代表身分念了悼念文，表達憤怒。

「山內，我現在很生氣。比起悲傷，我更生氣。我生氣如此閃耀發光的你究竟是被什麼推落谷底？職場上就沒有更能支持你的人嗎？同時，我也對你生氣。難道就沒有更加徹底成為官僚活下去的方式嗎？」

在職場上，沒有人支持山內。其中一個最大原因，就是環境廳這公家機關複雜的背景。T記者如是說。

「他就是個很溫柔的人，以官員來說超級稀有的。其他都是想著要出人頭地，滿腦子只有出身省廳的傢伙。」

環境廳從起步的時間點開始，就是各省廳匯集的場所。也就是說，所謂課長以上的幹部全都是由其他省廳出身的人獨占（後來到了一九九一年七月九日，邁入運作的第二十年，才終於誕生兩位環境廳土生土長的課長）。

來自其他省廳的人與其認真處理環境行政，還不如說是只等著回出身省廳後出人頭地。

「總而言之，就是在環境廳，誰也不會管你退休後的狀況。

從大藏省來環境廳的人也就是所謂的落後者，淨是些在次官競爭中輸掉的人啊。真的都是些不想工作的人。山內也沒有夥伴，在工作上全部自己處理，連資料也是自己蒐集、影印的。」

T記者繼續這麼說。

「一般來說，官僚被評估的要素大致上分成三者。第一是對自民黨。自民黨幹部覺得你好不好？第二是對其他省廳。換言之，就是權力鬥爭，要如何打造能相互依存的關係。第三是對媒體。將來想從次官邁入政治界的人，為了能被正面報導，會和記者保持密切關係。

山內每一項都很不擅長。在廳內，無論是上級還是下屬，都不覺得他是個有能力的局長。事實上，就連山內就任企劃調整局長的時候，議員們也在自民黨的環境部會中，當他的面說了很多如『那種無能的傢伙不行啦』等惡言。就這層意義上來說，他的評價真的很低。」

說到底，他究竟為何沒能在厚生省當上事務次官呢？他在上級公務員考試中以第二名錄取，理應在次官競爭的起始點上就與他人大大拉開距離。這樣的他，為何會被命令調往環境廳？

昭和三十四年（一九五九年）入省者的厚生省次官競爭中，人們說是山內豐德與黑木武弘這兩人的戰鬥。黑木也是東大法學部畢業，入省那年被分派到兒童家庭局企劃課。山內在厚生省擔任大臣秘書官事務經辦人的一九七三年，黑木前往環境廳，並同樣在該單位任職秘書事務官經辦人。那時候的環境廳長官為三木武夫。謠傳在記者之間，黑木的評價是「謙卑又得要領」。從那時候的職位來看，厚生省幹部對兩人之間的評價也明顯是山內高於黑木。

然而，兩人的評價在一九七七年出現逆轉。該年八月，山內就任社會局的施設課長，同時期，黑木就任保險局的國民健康保險課長。

昭和二十年代，整個日本還未從戰後貧困中拉起來的時代，厚生省的主要工作是貧民政策。因此，當時省內以執行該政策為主的社會局最受到矚目。社會局長當時被稱為最右翼的職位，從該時期開始，昭和三十年代晉升到事務次官的人物大都是有社會局長經驗者。

然而隨著時代改變，到了昭和四十年代，國家整體脫離貧窮，厚生省的政策也從貧民為中心往前一步，轉為整備醫療、健康保險與年金。因此到了昭和四十年代以後，成為次官的人物幾乎都是有保險局長經驗者。這樣一來，狀況就變成如果在課長時代沒有經歷過保險局、年金局與藥務局等，那之後即無法就任能夠承擔整個省責任的職位。在這個傾向完全定著下來的昭和五十年代[23]，山內被分派到開始衰落的社會局，黑木則是被分派到眾所矚目的保險局。

不過，這個分派也是山內所期望的。比起去保險局或年金局等，他自己選擇了社會局，處理厚生省中大家也認為不太重要的身障者與生活保護家庭救濟。要說他甚至放棄在厚生省擔任事務次官，從入省當時的目的就是堅持救濟弱者的話，是否說得太過了？然而客觀來講，山內也被判斷是自己退出這場次官競爭。在這階段，黑木應該確信自己將來會成為事務次官。後來他經歷過藥務局、大臣官房審議官（負責醫療保險）、保險醫療局等重要局處的課長部長職位，一九九〇年六月，他也如前文所述，就任第一局長——保險局長。

根據厚生省記者團出身的某記者所言，山內確實頭腦非常優秀，可謂最適合「能吏」一詞的人物。他負責秘書官等輔佐長官類的職位也相當優秀。只是實在是個太過體貼的人，即便偶爾和記者夥伴喝一杯、大鬧一番，他也總是注意著周遭的狀況，看是不是所有人都很開心，或是有誰感覺很無聊。這樣的性格在擔任長官時，就會因為太過想要誠實面對所有人，導致決策速度緩慢，以及發言不果斷的情形。

記者說，山內的這份誠實，就是一九七七年逆轉的原因。保險局與年金局分別必須要有與醫師會、在國會與政治家相互爭論的度量、決策能力與果斷。當時幹部們判斷，山內並不適合這樣的職位，與山內的志向在各自的考量下是一致的。就某種意義上來說，一九八六年山內前往環境廳可以說是十年前就已經決定好了。

或許能站在他人立場思考的誠實與對福祉的理想論等，在厚生省之中並非必要。山內自己所闡述的負責福祉之人應有的資質——「對人類的關心」，恐怕正是官僚獲得評價時的最大阻礙。再者，在他前往的環境廳內也完全是同樣道理。

在公害課時擔任山內上司的橋本道夫如此評論他。

「我啊，可是很了解山內的。他工作做得很好，又是個很棒、溫柔、優秀、聰

23 東昭和二十至五十年代，約一九四五年至一九八四年。

明的好人。可是啊，那個職位對他太沉重了吧。所謂環境廳的企劃調整局長啊，是很有權能的。必須時而生氣，時而吵架，接著就得下決策。他會因為自己能深入到哪個部分而痛苦的吧。我是這麼想的。

我在他擔任企劃調整局長時，還在想他能不能勝任。並不是因為我對他評價很低，他是個很好的人。只是，所謂的人事，就是必須適才適所，很嚴格的啊。就連我也是，會被扯領帶、被踢什麼的……也會被罵些侮辱人的話，不過我已經習慣這種亂七八糟的對待了。

和我相比，他在人品上有著很天真的部分。我也沒有意思要責怪這一點，那就是每個人獨特的風格。真希望他能做社會局長這類工作給我們看啊。他會做得很棒的。為什麼要讓他這樣的人當企劃調整局長呢？」

橋本說著，批判了厚生省與環境廳的人事。在就任福祉課長與保護課長等級的職位時，他曾被評論理想主義和身為人類的溫柔、對福祉的熱忱充分得到運用。只是，隨著山內升等，作為官僚被要求的就不再是「理想」，而是轉變為「心理戰」

與「策略」等政治手腕。環境廳的企劃調整局長，可以說是最需要這些手腕的職位了。

他並不希望升等。他還像口頭禪一般，不斷對知子說「想回到現場」、「在埼玉時代是最快樂的……」。

厚生省內也出現了山內不適合企劃調整局長的聲音。當他因水俁問題所苦時，謠傳也有幹部說「要不就當個社會局長，回到厚生省怎麼樣」。只是，也有人提出「再忍耐點就可以成為次官了」的意見，再說還牽涉到感覺沒有適當職缺的現實問題，所以此一提案就煙消雲散了。只是公務人員到頭來究竟有沒有理解，山內所背負的不幸，事實上並不在職位的問題，而是理想主義遭現實主義壓制，是當今整個時代所背負的問題呢……

環境廳事務次官安原正於一九五八年從東大法學院畢業，進入大藏省，大學時代是山內大一學年的前輩。安原在大藏省時隸屬於理財局，與同期入省，擔任總理大臣秘書官的尾崎護，以及從主計局總務課長升上主計局次長的角谷正彥，同被稱為最傑出的三人，曾一度被列為事務次官候補的人物。

只是，安原在這次次官競爭中失敗了。他所屬的理財局是省內第三大局，在競爭中，怎樣都會比主計局、主稅局不利，這也被指出是敗因之一。安原在環境廳次官後，就被指派到大藏省相關的團體了。

山內直屬部下——企劃調整課長H也是東大經濟學院畢業，且為大藏省出身。他也是個早早就脫離大藏次官競爭的人。

關於水俁訴訟，大藏省的立場認為，對受害者支付高額補償金實在不成體統。這樣一來，大藏省出身者也會以符合出身省廳意向的環境行政為目標。有覺悟對環境廳盡忠職守的人先暫且不談，不久就要回到大藏省，或是想派去大藏省相關團體的人，這麼做才是官僚常識。山內就這樣被夾在兩名大藏省出身的人之間。

山內之所以說「內部才不好辦」，就是指這件事情。

我們可以判斷，山內在大藏省的意向與環境廳的意向、受害者的心情與國家的見解、北川長官去水俁視察的各種想法、與廳內大藏省出身者的衝突，以及最重要的，就是山內內心身為人類的心情與官僚的立場等三重、四重重疊起來的夾板中選擇死亡。這就是他得出的結論。

只是，再怎麼樣，最後還是有個疑問。如果他是為了逃離被夾在中間的痛苦，為什麼沒有從環境廳辭職？為何不辭掉官僚的工作？有什麼辭職無法解決的問題嗎？

他既有寫書，也是前環境廳第一局長，退休後更可以到某間大學當講師，假日夫婦倆逛逛美術館，應該就得以度過充實的生活才對。只要照知子所言，想成是「早點退休」即可。

事實上，他在四日晚上也對家人說出了想要辭職的決心。為何隔天，他選擇了不同的結論呢？

生前與山內很親近，且為「癲癇協會」一員的松友了在他死後斷言，他的死絕非因一時或錯亂所導致。

「我看了電視，也了解到他很疲累，不過山內先生是經歷過各種痛苦的人物，當然，我也認為他能夠度過這次的困難。

我並非能理解他或對他有所共鳴，只是至少，我覺得他並不是因為逃避才過世的呢。當然，活著戰鬥下去和開創新未來是最重要的，但他也用他的做法，展現了有整合性與一致性的生存方式不是嗎？至少，他想要忠實照著自己的生活方式與理論活著，正因為如此，才會死亡的吧。思考著要忠實以官員身分活著、忠實以人類身分活著，最後他不得不以這樣的形式得出結論。

因此就這層意義來說，我認為這不是誰給他壓力這種外部問題，而是因為他沒能逃離他自身的美學、自身的誠實，以及誠實造成的問題，才自我毀滅的。」

山內將自己所寫的詩、作文與論文等全部仔細整理在箱子裡。其中，有一首以《但是》為題的詩。

但是

但是……

這個詞彙
不斷在我的胸口囁嚅
至今為止，那是我心中唯一一個居所
我的生命與熱情
正是因為有這個詞彙存在——
我的自信就是這個詞彙
但是
此時我卻聽不見這個詞彙

我的胸口彷彿有棵大樹倒下
這個詞彙在不知不覺間消失
但是……

我已經聽不見這個詞彙
但是……
但是……
我試著幾度低語
那輝煌的意志
那明朗的熱情
卻已經消失無蹤

「但是……」
面對著人們
我只是一個人佇立著
即便夕陽即將落下
我依然強力地叫出口的那份自信

沒錯

再還給我一次吧。

山內第一次寫這首詩，是十五歲的時候。那是在他加入高中的文藝部，埋首於創作詩的時期。山內似乎對此詩極為迷戀，曾好幾度抄寫在筆記本上。第二次是在大學時代，他立志成為小說家，不斷投稿與落選時的大學筆記。或許反覆記錄，就是為了鞭策、激勵自己。

接著是第三次。確切時間不是很清楚，不過用藍筆寫在左下角印有「財政經濟弘報」原稿紙上，就放在他整理好的文件箱最上面。看來是相當近期寫的。

知子在山內死後，整理他所留下的文件，發現了這首詩。

「當我看到那首詩的時候，感覺詩中凝聚了那個人所有的信念，又或者是他對自己很嚴格的某種標準。我真的感受到了強烈的衝擊……」

知子如是說了。

「但是」，是對現實社會提出異議的抗議，也是表達著青年期特有潔癖的詞彙，更象徵了理想主義。

山內的人生簡直就像這首詩一樣，時常處於矛盾。在學生時代及厚生省時代皆是如此。他擔任官僚一職，卻時常與其代名詞「派閥主義」、「權威主義」與「出世主義」劃清界線。這當然是他的努力，不過也可以說是他的資質讓他這麼做。這首《但是》的詩正如同知子所言，凝聚了他的人生觀。同時，針對自己內心的某種失落，以及為失落感到焦慮的這一點，也可以說是最寫實了山內的部分。他的拚命、拚死與真誠，正是被這種失落感以及焦慮支撐著。

因為這份焦慮，他對福祉的行動才能繼續進行。

然而，他對福祉的行動與認知，很少活用在他官僚的工作上。

要說是無法活用也行。

這也是他的弱點。

山內任職於環境廳期間，公害健康被害補償制度被廢止了。他應當理解這件事情的愚蠢。只是，他並沒有將這認知說出來。作為官僚，他無可奈何。他的長官為稻村利幸。如果以一名官僚的身分建言這件事，他的官僚人生在那個時間點就會結束了吧。

擔任自然保護局長的時代，他和妻子兩人會於町田周圍的大自然中散步。兩人走在山間。他認為應該取回他失去的少年時代，便一面浸淫於大自然之中，過著平穩的每一天。另一方面，長良川要建設河口堰，白保的珊瑚礁也被作為機場建設用地，面臨要被填海的危機。對於此事，他站在日本自然保護行政最高負責人的立場以及身為官員，無法做出大幅度的逆向舉動。

只是，我們能因為這件事情批判他嗎？沒有人可以否定他花了五十三年好不容易得到的家庭幸福，以及日常的平靜生活。假使有人能夠否定，那也只有山內豐德一個人。

迎來五十三歲這人生的決算點，他再度面對自己，寫了高中時代創作的詩《但是》。然而，他心中的熱情再怎麼樣也無法甦醒了。

就某種意義上來說，山內這將近三十年來的官僚生活，可以說就是他在自己心中消除了一個個「但是」，並不斷確認這份失去的連續作業吧。

山內是否在接連這個動作的最終，走向一個結論了呢……

在山內留下的筆記中，有一篇日期寫著一九五三年八月九日，內容如下的創作片段。

夢的詞彙

○

我心中的雲說了。「我不知道自己要去哪裡。要去哪裡呢？而我自己是否有在移動呢？好奇怪，直到剛剛為止我還知道會讓我如此喜悅、如此期望的事物，卻已經忘記了。不，不可能忘記的。既然如此，是我的想法改變了嗎？然而，昨天的我與今天的我不是完全一樣嗎？」

我回答。「告訴你吧！這個啊，就是因為你嶄新的感情啊。新發生在你身上的絕望。而為什麼會發生，你也不會知道吧。今天的敗北，竟會讓你如此痛苦。」

雲沒有回答。我不斷感到寂寞。

「而且，絕望會有消失的時候，但敗北再怎麼樣也無可奈何。因為敗北而改變的生活是別無他法的。你還算好的，畢竟這種時候你會消失。然而，人類只能不斷地生活下去。即便被敗北傷害，也得忍耐才行。無論絕望或喜悅也好，縱使再怎麼痛苦，人類也要活下去。這是多麼可悲的事啊。至少對我來說，簡直要讓我發狂了。」

我一個人走著，不知為何笑了出來。

◯

我就明確地說吧。在那裡生活著、思考著的，就是我。毫無疑問是我。

因失去產生了絕望，又被無法消逝的敗北給包圍……在拒絕水俣病和解勸告的現實面前，五十三歲的山內心境已經在敗北的深淵裡了。

山內有整理癖。特別是他自己創作的詩和作文，從小學時代到死前為止，四十多年來他都是親自整理，並收集好。有時候還會命名為「年錄」，一面回顧自己走過的人生，仔細探詢從出生到現在的日子，記在筆記本上。又有的時候，他會依照年代整理自己閱讀過的每一本書，製作「藏書錄」。

他的心中，無法忘懷所有的過去、過去的自己、青年時期充滿著光輝的一切詞彙，並在這些束縛之下度過五十三歲的現在。這份執著於過去的自己，辛苦地支撐著現實的自己。然而，這回拒絕水俣病和解勸告的案例，以及背後自己所實施的好幾項無意義的策劃，從正面否定了過去時常站在弱者立場的他。嘗到敗北滋味的山內被迫選擇對此視而不見，抑或接受敗北的現實。

山內很喜歡《長別離》這部電影。該電影的主角阿貝爾失去了記憶。為了取回記憶，黛蕾絲和阿貝爾在咖啡廳裡跳了一支曲子，歌詞是這樣的。

三拍的曲子　誘導我們至回憶

店裡的喧鬧也已消失
蓋上樂譜　進入夢鄉
然而　總有一天
這回憶會突然甦醒
明明我很想忘卻

阿貝爾完全忘記戰爭時他在蓋世太保經歷的艱辛過去，得以只過著和過去毫無關聯的現在。關於這點，阿貝爾可以說是非常幸福。搞不好山內就是被阿貝爾的「失去記憶」吸引，才會反覆看這部電影吧。

他渴望著，想辦法忘記不斷累積在自己心中的失落感與挫敗感。然而，他的真摯可不允許他對此視而不見。於是，他禁止自己去採取忘卻這個行為。再者，對於喪失了最重要事物的自己，他再怎麼樣也無法肯定並繼續活下去。這份潔癖與強烈的自戀，使他否定了自己。

十二月五日上午十點。

山內被敗北的壓力壓垮。他最後所見到的，是不是越過二樓窗戶，飄浮在遙遠之地的冬日雲朵呢？或許那雲非常美麗、純粹，從山內眼中看來是和敗北無緣的存在……

隨著年齡增長，人們也在心中失去了「但是」這個詞。於是，人們將這個詞變成了「儘管……」這般藉口，不斷活下去。或許山內無法原諒這點。沒能再說出「但是」的五十三歲的自己，是否被十五歲的自己給審判了呢？

「再還給我一次吧」——山內的這個叫喊，是對著自己說的嗎？

抑或是對著「儘管……」這個時代說的呢？

在現實主義的時代當中，

「但是」這一詞從山內的心底消去，

時代之中

也消失了一個「但是」這個詞。

終章　重逢

告別式之後，過了好幾天，知子和兩個女兒，以及從沼津前來東京的父親一同造訪環境廳。他們和秘書課長O約好，開會討論奠儀和喪葬費的事。

事情辦完後，知子前去長官室。

北川就在那裡。

「如果他能夠等到有人向您女兒提親，或許就不必死了吧……」

北川對知子這麼說。他只說了這話，不打算觸及工作的事情。

接著，知子去向安原打招呼。

安原見了知子，明顯有些激動。

「已經決定山內的接任者了……」

安原說著。

（這不是該對我說的事吧……）

知子心想。

離開次官室的知子委託機關裡的人，讓她進去丈夫過去工作的二十一樓局長室。

她打開窗戶，往下看。

（明明可以從這裡跳下去的，為什麼那個人要回到家以後才死呢……）

知子目光追逐著底下如豆子般來往的人群，一邊想著。

十二月的戶外空氣，吹得臉頰發冷。

在那之後，過了將近兩年的歲月。

「為了不讓山內死得枉費，解決水俁病問題……」

曾說過這些話的北川石松在山內死後的三個禮拜，被解除環境廳長官的職位。代替北川於九〇年十二月三十日就任第二十五任環境廳長官的是愛知和男。愛知因為被爆出從宣布招募以來，十三年總共收了一千兩百六十萬日圓的獻金，才剛放棄出選宮城縣知事。

「我曾以議員身分參與地球環境問題的國際會議，也很關心這些事情，想要好好努力。在國內，我也希望能致力於排放廢氣與水質汙染問題，從地球的觀點來看，則是地球暖化和臭氧層破壞等問題。」

愛知的就任感言。

然而，愛知不僅擔任支持高爾夫球場的「高爾夫產業振興議員聯盟」副理事長，也是參與「大規模度假村建設促進議員聯盟」與「長良川河口堰建設促進議員有志之會」的推行開發派中心人物，就任當時就被懷疑適任與否。

繼愛知之後的中村正三郎更誇張。

千葉縣出身的中村，是和其亡父中村庸一郎議員同為勢必建設橫跨東京灣道路的促進開發派。這是一項從計劃階段就有其必要性與破壞東京灣自然等問題的道路建設，中村強行讓它成立。

再者，中村還以長男名義，在因新機場建設問題而動盪不安的石垣島上持有「石垣海濱酒店」。環境廳長官在因生態保護與建設機場爭議的島上經營旅館，也受到人們懷疑。這些促進開發派相繼擔任長官的背後，讓人強烈感受到自民黨對北川擔任長官一事的反省。

山內死後的一年兩個月，一九九二年二月七日。

東京地方裁判所下達了「水俁病東京訴訟」判決。以國家的立場而言，這是在拒絕和解前毀切期盼的判決。

提出和解勸告的荒井真治裁判長對於最大焦點的行政責任，判決是：「在行政方面，一般來說當時沒有權限禁止漁獲，在還無法斷定汙染源的階段，也沒有足以規範 CHISSO 工廠排水的條件。」這是個否定國家的法律責任，並全面性認可其藉口的判決。

在日本物資上並不豐沛的年代，水俁病受害者因經濟成長而犧牲。如同文字所述，這是將他們推往活地獄的經濟成長。支持著日本「發展」的企業與政府所犯下的罪，最終，沒能被司法所制裁。

農林水產省針對本案件主張沒有法律責任，承認過去的主張獲得認可。

田名部匡省農林水產大臣談話

國家主張過去沒有法律責任，而該主張也受到認可。

渡部恆三通產大臣談話

關於否定水俁病發生、擴大之國家賠償責任，我認為我方的主張獲得認可。然而，針對部分原告中可能有相當程度的水俁受害者一事，期望今後能夠更加詳細檢討判決內容。

中村正三郎環境廳長官

不曉得是否因為有事先開過會，各關係省廳的談話很完美地一致。

事務次官安原正在兩年的任期中只擔任了一年，一九九一年七月，他以理事身分加入大藏省相關的「農林漁業金融公庫」。

一九九二年七月，在厚生省被稱為山內的勁敵，也是同期入省的黑木武弘保險局長順利當上事務次官。

這兩年來，知子也發生了各式各樣的事。

一九九一年十一月。

在男主人過世將近一年的山內家，收到了「公務災害認定」的報告。這是對自殺者而言很難收到的認定，可以說是特例處置。

此外，同一時期，山內家也收到了敘位敘勳的通知。

敘勳正四位

平成二年（一九九〇年）十二月五日

內閣總理大臣　海部俊樹　奉

日本天皇敘勳山內豐德勳三等，頒發旭日中綬章獎狀上這樣寫著。

「總覺得反而很空虛……」

知子的眼淚落在獎狀上，說著。

丈夫死後，知子為了申請公務災害的資料，將丈夫在家裡的狀況等寫成七張便箋，提交給環境廳。其中，知子也控訴想了解遺書上的文字有何意義，以及是什麼導致這樣的事態發生。

經過兩年的現在，環境廳依然沒有將答案告訴知子。

丈夫先行離去，知子相當痛苦。

我究竟理解了丈夫多少呢……

二十多年的陪伴，我是不是其實幾乎不了解那個人呢……

他只留下了「感謝」這個詞就死去，讓被遺留下來的人無法接受。

為什麼他死了？我完全不明白。

他身邊最親近的我為什麼沒能阻止他的死……

當前一天丈夫提出要從公家機關辭職的時候，我如果沒說「沒事的，總會有辦法」就好了。或許聽了我的那句話，他才覺得他不在了也沒關係。

是我見死不救……

人是孤獨的。

徹徹底底的一個人。

即便是夫妻，也是一樣的。

丈夫死後，知子不斷因為沒能理解他而痛苦著，並持續責備自己。

（我有沒有確實傳達給他，說我在他身邊很幸福呢……）

知子沒有這樣的自信。

（心靈相通在夫妻之間也是不可能的。本來就是不同人。人沒有交流、沒有編織成言語，就無法理解。必須要將「我是這麼想的」說出來才行。我們夫妻之間，就欠缺這樣的語言。）

知子對於此事相當後悔——

活。

時間流逝。

一九九二年春天。

次女美香子在重考一年後，如願地考上K大學獸醫學院，四月就要展開大學生活。

山內家也一點一滴取回光明。

（或許到頭來，人是不可能理解他人的。）

曾經短暫這麼想的知子，也慢慢改變了想法。

（人是孤獨的。徹徹底底的一個人。

然而，我們也只能好好認知這件事情，並從現在開始，才能夠去愛他人。人類不認知到孤獨，就無法理解他人。）

當知子一個人痛苦時，朋友都會聚集在她的身邊。丈夫的朋友也支持著她。如果沒有這些支持，或許她就無法撐過這段歲月。

（變成一個人後，我才深深了解到自己不是一個人……）

知子如此覺得。

「因為死亡，才讓我活了下來……由於他的死，我身邊真的聚集了很多朋友。於是，我也開始認真思考所謂夫妻、活著以及死亡……這些全都是丈夫的禮物。

我本覺得婚姻令人恐懼，沒想到自己也過了二十年，誰知到了最後，丈夫竟留了一個大禮物給我。即使追著過世的人不放，也無法開始。正因為他對我說了再見，我也必須向他道別。我必須將這別離作為別離去接受，並在心中承認他的死才行……

正因為覺得沒問題，丈夫才留下女兒和我先離開的吧……因此，我想丈夫並不希望我痛苦。能讓他開心的事情是什麼呢？鐵定是我們健健康康地活著吧。由我讓兩個孩子健康地出社會……

我還是完全不理解他為何會死。不過，明明他在回到家裡的途中有很多機會可以死，他卻回到了家裡，等看到我以後才死啊……我是這麼想的。這就是那個人對我最後的撒嬌。

他在我的身邊安心死去了……我想要這麼想……

因為他是自殺……我想他現在鐵定也很後悔吧。等不久後我和他去了同樣的世界，我就算說他不在以後我過得多痛苦、多辛苦也於事無補了。比起這些，我想和他說，他死後我發生了這麼快樂的事情、我想了這些事情等等，他卻這麼早離開實在太可惜了……我希望我的未來，可以度過能對他說這些的時光……」

知子說完後，低語著：

「我花了兩年，才讓自己能夠這麼想……」

現在，知子和朋友伊藤正孝等人，正忙著整理山內豐德的創作與論文，出版遺稿集。知子和兩個女兒也在該本遺稿集中寫了短文。

「等這本遺稿集完成後，我們終於能夠對丈夫說再見了。可以好好道別的。我有這種感覺。」

知子說著。

那年秋天，發生了一件對知子而言非常開心的事情。她接受了自治會委員長的推薦，從該年十二月開始擔任地區的民生委員。民生委員負責的工作，即是擔任生活保護家庭與福祉事務所之間的橋梁，並將市與都頒發的獎勵金送給七十歲以上的老人。

「雖然是福祉最最末端的工作……不過在迎接他的三週年忌日之時，我自己也參與了他堅持到最後的福祉實務……我是因為想著自己剩餘的力量能夠做些什麼，才接受這份工作……我想要參考丈夫所寫的文件，著手這些事情。」

一字一句清楚表達的知子，說到「我在說些什麼臭屁的話啊……」，很開心地笑了出來。

兩年過後，知子終於能夠觸及丈夫所留下的信件和日記了。

丈夫最後留給自己的「感謝」這兩個字，她也終於能用溫柔的心情去接受。

知子會將每天的各種生活大小事說給丈夫聽，即便現在只是單方面的訴說。

今天我吃了這樣的食物。

今天我想過這樣的事情。

今天我和女兒講了你的事。

此外，我還在藥師池發現了東北堇菜……
藉此，知子開始一步一步理解丈夫——山內豐德這個人。
「如果能夠重來一次，
我想我們夫妻之間，
一定會順利的……」
知子說著，開朗地笑了。

後記（單行本）

一九九一年一月十日下午五點。

我為了電視台的紀錄片節目取材，搭乘巴士從町田站前往藥師台。訪問對象是山內知子女士。她在一個月前的頭條自殺事件中，失去了丈夫。

十一月開始取材的這個節目，當初預定是要「描繪生活保護的現狀與問題」。節目組以荒川地區展開取材，差不多到最終階段的時候，山內局長自殺的事件被大肆報導出來。報紙上披露了他的經歷，我發現到他曾為生活保護行政負責人——「厚生省社會局保護課長」，於是對山內這位官員開始抱持關心。

我想要問她什麼呢？

對她而言，有必要出現在電視上談論丈夫嗎？

我在搖晃的巴士上想著。然而，在採訪其友人和相關人士的過程中，我對山內豐德這個人的興趣越來越強烈。

他是怎麼活過的呢？

而他又是為什麼死去呢？

我想從知子小姐身上，尋求能夠理解這些的線索。

那一天，我在掛有山內先生遺照的祭壇前，拜見知子女士給我看的一首詩，標題是「但是」。我並沒有任何對那首詩的評價，而是由詩裡描繪出身為一個人類的純真，以及對喪失那份純真的不安感到死亡的氣息。

於是，我強烈想要回顧他那被死亡牽引的五十三年人生。

那是第一次的訪問。

節目大幅更改了當初的內容，於同年的三月十二日以「但是……在捨棄福祉的時代」之名播出。

在製作紀錄片的時候，若事先用顏色區分對象為弱者與強者、善與惡的話，對製作人來說會很輕鬆。

決定行政、官僚為惡，從善良市民的角度告發。決定企業為惡，以貼近消費者的立場來描寫。

把這種「方便的圖像」嵌入到社會之中，反而有些事物會變得看不見。山內豐德這名官僚，使我注意到這件事。

他在《但是》詩中注入的想法與願望，完全顛覆了我心中所謂的官僚概念。我很訝異高級官僚中竟然還有這樣的人存在，所以他才不得不死。這份憤怒般的感情，在我製作完節目之後依然存留著。

即使節目播完了，山內這個人在我心中也毫無稀薄。

節目於十月二十九日重播，看了節目的 Akebi 書房代表久保則之先生聯絡我，詢問「要不要試著把山內的事情寫成書」。知子小姐很爽快地體諒了這件事，這就是撰寫本書的經過。

本書大都仰賴我和山內知子小姐的對話。她似乎想要藉由對我闡述丈夫的事，進行她的「哀傷療癒（grief work）」。在她話語的背後，有時能夠窺看到公務機關這冷酷的組織，有時，又會浮現一對夫妻的身影。

我拜訪町田的住宅好幾次，傾聽知子女士的話語，並將她的心聲寫在稿紙上。於是，一本書就這樣完成了。

我現在，也像這樣寫著這篇「後記」。

結束了和山內豐德這個人整整兩年的聯繫，我感到自己也與知子女士一樣，能夠暫且對他說一聲「再見」了。

一九九二年十一月三日
是枝裕和

追記　本文中人物的頭銜、組織名稱等為一九九二年十二月發行單行本時的情形。

山內豐德年表

一九三七年

一月九日　生於福岡縣福岡市野間畑田五九九番地的長男，父親為豐麿，母親為壽子。父親為職業軍人。

十一月　遷往父親的任地東京都中野區仲町，在該地度過幼年期。

一九四三年　六歲

四月　進入福岡市高宮國民小學。

一九四四年　七歲

四月　因應父親前往廣島赴任，搬家。

六月三日　父親前往中國出征。

一九四五年　八歲

四月　回到福岡，和居住於福岡市堀川町的祖父母一同生活。轉進春吉小學。母親離開山內家。

一九四六年　九歲

四月二十一日　父親於上海戰病死（以陸軍中佐身分受封勳三等）。豐德在祖父豐太的儒教主義之下接受嚴格的家庭教育。

一九四八年　十一歲

受春吉小學的同學森部正義影響，開始創作詩。愛慕三好達治。

一九四九年　十二歲

四月　進入私立西南學院中學。由於西南學院是新教學校，他也拜讀聖經，被取了「牧師」的暱稱。該時期罹患骨髓炎。

一九五二年　十五歲

四月　進入福岡縣立修猷館高中。和友人伊藤正孝等人同樣隸屬於文藝部，埋首於詩詞創作。

一九五五年　十八歲

二月二十四日　祖父豐太病逝。

三月　於同校畢業。該年榮獲贈予給成績優秀者的修猷館獎。

四月　進入東京大學教養學院文科一類。前往東京，住在世田谷區代田，立志成為小說家。隔年開始「東京大學學生新聞」為紀念五月祭，公開招募小說。山內每年都不斷投稿，卻落選。

一九五九年　二十二歲

三月　於東京大學法學院畢業（第二類公法組）。

四月一日　進入厚生省（上級公務員試驗的名次為九十九人中的第二名）。被分派至醫務局總務課。

一九六一年　二十四歲

十二月　前往社會局更生課（處理身體障礙者的保護更生）。

一九六三年　二十六歲

八月　前往社會局保護課（處理生活保護行政）。

一九六六年　二十九歲

八月　前往環境衛生局環境衛生課。兼任公害課課長助理，和公害課長橋本道夫等人一同制定「公害政策基本法」。

十二月二十八日　在厚生省上司新谷鐵郎的介紹下，與高橋知子相親。

一九六七年　三十歲

六月　隸屬於公害部公害課（兼任）。此時因繁忙的工作導致骨髓炎復發。

八月三日　公布並施行「公害政策基本法」。

一九六八年　三十一歲

三月十日　在知子的老家沼津舉辦婚禮，結婚（知子二十六歲）。

五月一日　以民生部福祉課長身分，前往埼玉縣。搬遷至浦和市（現在的埼玉市）別所沼。積極處理老人福祉、身障者福祉。

一九六九年　三十二歲

六月十九日　長女知香子出生。

一九七〇年　三十三歲

十月一日　新設立同和政策室，山內就任室長（兼任）。

一九七一年　三十四歲

五月一日　回歸厚生省。被分派至年金局年金課，擔任課長助理。搬遷至世田谷區上用賀的公務員住宅。

七月一日　環境廳開始營運。

一九七二年　三十五歲

四月二十七日　次女美香子出生。

一九七三年　三十六歲

七月二十七日　就任厚生大臣（齋藤邦吉）秘書官事務經辦人。同年，與前來陳情的「癲癇協會」松友了見面，以個人身分盡力救助癲癇受害者。

一九七四年　三十七歲

六月十一日　就任年金局資金課長。

一九七五年　三十八歲

五月六日　就任兒童家庭局障礙福祉課長。

一九七七年　四十歲

八月二十三日　就任社會局施設課長。

一九七九年　四十二歲

一月二十三日　就任社會局保護課長。再度處理生活保護行政。

七月六日　就任環境衛生局企劃課長。

九月　出版整合了福祉行政相關考察的著作《為思考明日社會福祉設施的二十章》（中央法規出版）。

一九八〇年　四十三歲

十月　以愛莉絲・橋韓森之名，開始於《福祉新聞》上連載《福祉之國的愛莉絲》。連載受到好評，持續整整兩年。

一九八一年　四十四歲

八月二十六日　就任醫務局總務課長。

一九八二年　四十五歲

八月二十七日　就任大臣官房人事課長。

一九八五年　四十八歲
七月　出版《思考福祉的工作》（中央法規出版）。
九月　就任大臣官房審議官（負責年金）。
一九八六年　四十九歲
九月五日　從厚生省轉到環境廳，就任長官官房長（長官為稻村利幸）。
一九八七年　五十歲
三月二十九日　搬遷至町田市藥師台。
九月二十五日　就任自然保護局長。處理沖繩縣石垣島白保的新機場建設問題、長良川河口堰建設問題等。
一九九〇年　五十三歲
二月　北川石松就任環境廳長官。
七月十日　就任企劃調整局長。處理地球環境問題。
八月二十七日　以首席代表身分，參加與氣候變動有關的第四回全體政府間會議（ＩＰＣＣ）（～三十日，瑞典）。

九月二十八日　東京地方裁判所針對水俁病東京訴訟提出和解勸告。
十一月三十日　決定北川長官的水俁視察（十二月五日、六日）。
十二月五日　驟逝。享年五十三歲。同日，受封正四位勳三等旭日中綬章。

*在製作年表之際，特別受到知子小姐與伊藤正孝先生的協助。

後記（文庫版）

從我針對山內豐德這名官僚進行取材，並製作一部紀錄片節目以來，已經過了十年的歲月。以「但是……在捨棄福祉的時代」之名在深夜悄悄播放的這個節目，當初從企劃、取材到編輯都是我一個人執行。比起日後的取材，山內豐德這個人才是在我心中印象最強烈、最深刻的存在，儘管未曾直接見面。然而，原因絕對不是因為這個節目是我的處女作。恐怕，是因為我透過對他的取材，發現到了事情的本質——更進一步來說，是透過他而引起的深度自我變革所導致。

所謂取材，究竟是怎麼回事？在製作關於山內先生的節目時，我幾乎沒有身為導演的經驗，老實說很難抓住取材這行為的意義。現在，我也沒有完全掌握。我無法將其作為工作果斷下判斷，對於以社會正義和使命感為後盾一事也感到強烈的違和，到頭來，我真有拿起攝影機的權利嗎？他們有在攝影機前露面的義務嗎？在這樣的自問自答中，我對於取材這行為本質上所隱藏的暴力性感到恐懼、戰慄。

然而，隨著取材山內先生，並接觸到他所留下的詩詞作品和論文，我對身為取材對象的他也產生某種強烈的共鳴。還只是二十幾歲的我，對五十三歲的菁英官僚是哪裡有共鳴、共振呢？其一，便是他無法逃離的焦躁感。從那如同強迫信仰般在文章各處奔走的迫切中，我感受到了死亡的氣息。現在想想，或許這只是錯覺，但那時候，我確實感受到自己心中有和他同樣的焦慮。那是我第一次有這樣的體驗。當我拿起筆，以紀實報導的形態將山內豐德這個人，以及他們這對夫妻的軌跡寫成文章時，我幾乎同時自覺到，確信那是只有我才能寫出來的對象。

在總共十三章組成的這本書中，深切刻畫著二十幾歲時我所感受到的憤怒，以及其他各式各樣的感情。這可以說是我藉由山內先生的肉體與精神來自我表現。那時候的我發現，所謂取材，就是向取材對象借鏡，描述映照出來的自己姿態的行為。這不是有目標就能完成、不是隨時就能完成，而是在回過神來，我心中已經默默刻畫上了另一個心臟的聲音。這是被偶然給左右的邂逅，以結果來說，也可以說這引起的共振是必然的。我也在那時候了解到，能將這層關係與取材對象結合，才能得到身為作品的張力。這是我透過對他的取材，得到的第一個發現。察覺到所謂取材就是自我發現的行為，也成了後來我受紀錄片吸引的一大要因。

第二個發現，就在他生前所留下那許多與福祉相關的論文當中。他對控制著福祉現場的精神主義，屢次響起了警鈴。對在福祉現場做事的社會工作者要求要「人品高尚」、「深思熟慮」這些道德，是否反而輕視了職業該有的技術？社會工作者自以為是又強硬地將自己的人生觀與價值觀套用在他人身上，就結果來說是否妨礙了對象的自立與成長？他這些可以說是內部告發的言論沉重地敲響起來。這指責不僅限於福祉現場，也同樣可以套用在醫療、教育、警察這種被稱為聖職類的職場中吧。再者，並非透過技術，而是仰賴精神主義和人類善意來考慮這點的結果，就是在神話崩壞之後，一切都無法維持下去的日本現狀。關於這點，山內的指責可說是非常有先見之明。

其次，我回顧自己所參與的影像媒體，也不得不說自己發現了同樣的狀況。媒體隱藏在「社會正義」這抽象概念與客觀性之名等毫無責任、匿名性的言語背後，自己從第三者的安全地帶批判社會與時代。沒有當事者意識的這些言論，真是媒體的職責嗎？這份「正義」，是否反而妨礙了閱聽大眾的獨立思考？傳播者沒有檢驗自己的價值觀就強迫他人接受，這種態度，並沒有和閱聽方之間培養出健全的溝通。假使想傳達的是和平與民主主義，倘若沒有在其中反映出自己的形態存在著動搖，那也只不過是信仰而已。從中誕生出來的只是作為宣傳的影像，在這般溝通之中絕對不會有什麼發現。要怎麼樣才能從發霉的精神主義中脫離，和受到技術支持著的對象實踐健全的關係？思考該課題的提示，在他的著作中堆積如山。這也是以媒體這職場思考此事的我，身為執業人士要面對的緊急課題。

在完成節目、寫完這本紀實報導後，我依然不斷在思考一個問題。山內豐德這個人究竟是加害者，還是受害者？他面對福祉的理想主義被經濟優先的現實主義壓垮，在那直直退步的時代，我想山內先生是想要拚死命活下去的。身為高級官僚，在面對這退步趨勢的責任之中，他不得不說是屬於加害者方的人，同時，也可以說是時代的受害者。他被這兩個向量撕扯著，活出雙重的自我。至少，他本身應該為自己身為加害者的痛苦，有著敏銳的認知。這也可以從他得出的結論來推測。然而，這意味著不僅僅是他，在現今時代，日本這國家要生存下去，就不得不背負這無法脫離的雙重性。我是這麼想的。只是，許多人因為要面對自己內心的加害者特性太過痛苦，才選擇視而不見。

現在的我認為，有所自覺活在這雙重性中，且不選擇自我放棄，而是重新出發的覺悟，正是我們所被要求的。這是我在取材後十年，好不容易才在最近得出的認知。恐怕，我至今依然會被山內先生吸引，並非我所說的第一個發現——有著「和自己相像」的多愁善感，而是他最切身、最具體體現出「活在雙重性中」這現代人的姿態吧。正因為得出這項認知，我對山內豐德這個存在的關心才會比以前更多、更深。

我們不能從這痛苦的自我認知別開視線，而是學習能夠面對雙重性的態度。我們必須抱持著某種覺悟，生存下去。這就是我從山內先生的人生中，唯一發現到的相反答案。

如果本書的各位讀者能夠和我一樣，透過接觸山內豐德這個人的生與死，進而深切思考自己與職業的關係、在職場上磨練技術的方法，以及面對這個時代的方式，我會覺得很榮幸。我自己本身也是因為反覆回顧了他的人生，才有了各式各樣的發現，並深切思考。在我心中，對山內豐德的取材即便已經改變了形態，也依然持續著。

二〇〇一年五月一日
是枝裕和

本書以一九九二年十二月Akebi書房發行標題《但是…》之作品為基礎，二〇一四年三月由PHP發行《雲沒有回答》的文庫本進行翻譯、出版。

國家圖書館出版品預行編目資料

雲沒有回答：高級官僚的生與死 / 是枝裕和著；郭子菱譯 . -- 初版 . -- 臺北市：大塊文化，2019.04
面；　　公分 . -- （mark；147）

譯自：雲は答えなかった：高級官僚その生と死

ISBN 978-986-213-968-4（平裝）

861.67　　107014409

LOCUS

LOCUS

LOCUS

LOCUS